Tucholsky Wagner Zola Scott Sydow Freud Schlegel
Turgenev Fonatne
Wallace Twain Walther von der Vogelweide Fouqué Friedrich II. von Preußen
Weber Freiligrath Frey
Kant Ernst
Fechner Fichte Weiße Rose von Fallersleben Richthofen Frommel
Hölderlin
Engels Fielding Eichendorff Tacitus Dumas
Fehrs Faber Flaubert
Maximilian I. von Habsburg Fock Eliasberg Ebner Eschenbach
Feuerbach Zweig
Ewald Eliot Vergil
Goethe London
Elisabeth von Österreich
Mendelssohn Balzac Shakespeare Dostojewski Ganghofer
Lichtenberg Rathenau Doyle Gjellerup
Trackl Stevenson Hambruch
Mommsen Tolstoi Lenz Droste-Hülshoff
Thoma Hanrieder
Dach Verne von Arnim Hägele Hauff Humboldt
Reuter Rousseau Hagen Hauptmann Gautier
Karrillon Garschin
Defoe Baudelaire
Damaschke Hebbel
Descartes Hegel Kussmaul Herder
Wolfram von Eschenbach Dickens Schopenhauer Rilke George
Bronner Darwin Melville Grimm Jerome
Campe Horváth Aristoteles Bebel Proust
Bismarck Vigny Voltaire Federer Herodot
Barlach Heine
Gengenbach
Storm Casanova Tersteegen Grillparzer Georgy
Chamberlain Lessing Langbein Gilm
Brentano Gryphius
Claudius Schiller Lafontaine
Strachwitz Kralik Iffland Sokrates
Bellamy Schilling
Katharina II. von Rußland Gerstäcker Raabe Gibbon Tschechow
Löns Hesse Hoffmann Gogol Wilde Vulpius
Gleim
Luther Heym Hofmannsthal Morgenstern
Roth Klee Hölty Goedicke
Heyse Klopstock Kleist
Luxemburg Puschkin Homer Mörike Musil
La Roche Horaz
Machiavelli Kierkegaard Kraft Kraus
Navarra Aurel Musset
Nestroy Marie de France Lamprecht Kind Kirchhoff Hugo Moltke
Laotse Ipsen Liebknecht
Nietzsche Nansen
Marx Ringelnatz
von Ossietzky Lassalle Gorki Klett Leibniz
May vom Stein Lawrence Irving
Petalozzi Knigge
Platon Kafka
Pückler Michelangelo Kock
Sachs Poe Liebermann
de Sade Praetorius Mistral Zetkin

Der Verlag tredition aus Hamburg veröffentlicht in der Reihe **TREDITION CLASSICS** Werke aus mehr als zwei Jahrtausenden. Diese waren zu einem Großteil vergriffen oder nur noch antiquarisch erhältlich.

Symbolfigur für **TREDITION CLASSICS** ist Johannes Gutenberg (1400 — 1468), der Erfinder des Buchdrucks mit Metalllettern und der Druckerpresse.

Mit der Buchreihe **TREDITION CLASSICS** verfolgt tredition das Ziel, tausende Klassiker der Weltliteratur verschiedener Sprachen wieder als gedruckte Bücher aufzulegen – und das weltweit!

Die Buchreihe dient zur Bewahrung der Literatur und Förderung der Kultur. Sie trägt so dazu bei, dass viele tausend Werke nicht in Vergessenheit geraten.

An der Grenze

Edmund Hoefer

Impressum

Autor: Edmund Hoefer
Umschlagkonzept: toepferschumann, Berlin

Verlag: tredition GmbH, Hamburg
ISBN: 978-3-8424-0602-5
Printed in Germany

Rechtlicher Hinweis:
Alle Werke sind nach unserem besten Wissen gemeinfrei und unterliegen damit nicht mehr dem Urheberrecht.

Ziel der TREDITION CLASSICS ist es, tausende deutsch- und fremdsprachige Klassiker wieder in Buchform verfügbar zu machen. Die Werke wurden eingescannt und digitalisiert. Dadurch können etwaige Fehler nicht komplett ausgeschlossen werden. Unsere Kooperationspartner und wir von tredition versuchen, die Werke bestmöglich zu bearbeiten. Sollten Sie trotzdem einen Fehler finden, bitten wir diesen zu entschuldigen. Die Rechtschreibung der Originalausgabe wurde unverändert übernommen. Daher können sich hinsichtlich der Schreibweise Widersprüche zu der heutigen Rechtschreibung ergeben.

Edmund Hoefer

An der Grenze

1849

Bei der Stadt –t, dem letzten bedeutenden und ummauerten Ort gegen das Nachbarland zu, zweigte sich rechts von der breiten Kunststraße ein wenig befahrener und, wie gewöhnlich dort zu Lande, schlecht unterhaltener Weg ab, der sich etwa eine Stunde weit durch gut bebautes Land und ansehnliche Dörfer wand, dann die mäßigen Hügel hinanstieg, welche von Südost gegen Nordwest sich in's Land ziehen, und darauf sich plötzlich und ziemlich steil wieder in eine Ebene hinabstürzte. Hier waren weder Dörfer noch zeigte sich irgend eine Kultur des Bodens; Moor, Torf und Sand lagen weit hinaus, flach und eben, und widerstanden noch für viele Jahre jeglichem Anbau. Denn die See schien dies frühere Stück ihres Gebiets noch immer nur ungern aufgeben zu wollen, und im Herbst wie im Frühjahr trieben ihre Fluten oft stundenweit über die Fläche und häuften neuen Sand und Kies auf die öden Fluren. Dort wand sich nun der Weg hindurch in hundertfachem Geleise, da jeder Reisende sich einen andern bessern Pfad suchen wollte: allein überall war der öde Flugsand oder die eben so schlimme, in Staub aufgelöste dürre Torferde, und wehe dem, der an einem heißen Sommertage drüber hin mußte.

Das erfuhr der junge Mann, der an einem Tage des Juli diesem Wege folgte. Wieder und wieder verwünschte er seine Neugier und Hartnäckigkeit, die ihn diesen Pfad wählen und die wohlgemeinten Warnungen seines Wirths in –t überhören ließen; immer von neuem suchte er sich mit der Hoffnung auf das nothwendig bald eintretende Ende seiner Pein zu trösten; er war ja schon seit mehreren Stunden unterwegs und die Heide sollte nach der Karte nur drei starke Meilen in der Breite messen. Aber es war nirgends ein Ende zu sehen; sein Pferd, das an diesen Sand nicht gewöhnt war, erlahmte schier im schlimmen Boden, der unter seinen Hufen brennend quoll und sie fort und fort zurückgleiten ließ; ihn selbst überschüttete der Staub erstickend, bald weiß, bald braun. Hin und wider zeigten sich einzelne halbverdorrte Wachholderbüsche, einige Ginster- und Binsenbüschel an einer moorigen Stelle, ein einsames, kümmerlich vegetirendes Heidekraut; sonst fand er weder Baum noch Strauch, der ihm Schatten spenden konnte, kein Grün, auf dem das brennende Auge ausruhen durfte, nirgends eine Spur von Wasser zur Labung für sein keuchendes Thier, keinen Vogel in der Luft, kein

Wild auf dem Felde, keinen Menschen auf dem Wege. Es ist ein verfluchtes Land! murmelte er verzweifelnd vor sich hin.

Und so ging es fort; es ward Mittag, es ward immer später, die Sonne sank schon tief gegen Westen und Pferd und Reiter vermochten die Strapazen kaum länger zu ertragen. Da endlich erhoben sich wieder ziemlich leise ansteigende Hügel, welche nach Südwest streichend auf jene oben erwähnte erste Reihe zulaufen mußten. Der Weg vereinigte alle Geleise wiederum zu Einer Spur, der Boden schien fester zu werden, und als der junge Mann die Anhöhen überstiegen, stieß er ein lebhaftes: Gott sei Dank! aus. Die Gegend wechselte fast eben so plötzlich wie beim Beginn der Wüste; es zeigten sich Kiefern, mit Birken untermischt, dann erschien anderes Laubholz, und nicht fern, am Ende des sich ziemlich gerade entlang ziehenden Pfades, sah der Reiter auch Gebäude. Zu gleicher Zeit erblickte er aber über sich die wachsenden Säume so schwerer bleifarbener Gewitterwolken, daß er sein todmüdes Pferd stärker antrieb und mit wachsender Ungeduld einem schirmenden Dache entgegeneilte.

Als er aus den Büschen und Bäumen herauskam, öffnete sich vor ihm ein mäßiger Raum; rechts lagen fruchtbare Felder, von links zog sich im scharfbegrenzten Bogen ein dichter und hoher Wald herum, im Bogen des Holzes lag ein Dorf und an dessen äußerstem Ende, gerade vor ihm, erhob sich ein einzelner Hof, den er bald als den Krug erkannte. Es war eines von den alten Bauernhäusern, wie sie jetzt immer seltener werden und selbst dort zu Lande kaum noch in den abgelegensten Gegenden zu finden sein dürften; denn weder die Polizei noch die steigende Wohlhabenheit und die damit verbundene Liebe zum Luxus dulden noch solche Gebäude. Zwischen Garten, Weg und Wald gedrängt lag es da, im rechten Winkel erbaut, mit seinen niedrigen Mauern, seinen kleinen, halb erblindeten und buntschillernden Fenstern, seinem tief herabreichenden, hohen, schwarzen Strohdach, auf dessen unterem Rande sich hie und da das bräunliche Grün des dort angewachsenen Lauchs zeigte.

Das große Thor im einspringenden Winkel war geschlossen, aber die kleine Thür in seiner Mitte stand mit der obern Hälfte auf; aus der schwarzen Oeffnung unter dem Dach stieg ein starker Rauch wirbelnd und kerzengerade in die Luft, und unter der breiten Linde saßen um den rohen Tisch drei Männer, welche dem Ankömmling neugierig entgegenblickten. Der eine, eine wenn auch gealterte, doch anscheinend noch rüstige und stattliche Figur, erschien in Hemdärmeln und mit der gebräunten ledernen Kappe auf dem ergrauenden Haupt, und war offenbar der Wirth; der zweite war ein Grenzjäger, der bald nach dem Fremden hinüberschaute, bald mit einem großen vor ihm auf dem Tisch stehenden Glase Wein liebäugelte; im dritten endlich konnte man, wenn man den grünen Rock, die hohen Stiefel, die Büchse zwischen den Knieen und den seitwärts ruhenden edeln Hund beachtete, den Förster nicht verkennen.

Endlich war der junge Mann auf dem schlecht gepflegten und bestaubten Grasplatze angelangt, der die Linde umgab. Er stieg langsam vom Pferde, und indem er den feuchten Hals seines den Kopf senkenden Thiers klopfte, sagte er zum herantretenden Alten: »Wenn Sie der Wirth sind, so sagen Sie mir, ob ich Stallung und Futter für mein Pferd und Speise und ein Lager für mich haben kann, denn wir sind beide mit unsern Kräften gänzlich zu Ende gekommen.« – »Das merk' ich,« erwiderte der Alte; »der Gaul da ist mächtig herunter. Allein nehme der Herr nur Platz, man wird euch beiden schon unter die Arme greifen.« Damit faßte er selbst die Zügel und führte das Thier in's Haus.

Der Ankömmling warf sich erschöpft auf die Bank und lehnte sich müde an den Stamm der Linde zurück. »Was zu viel ist, ist zu viel,« sagte er. »Von solchen Strapazen hab' ich mir nichts träumen lassen. Und nun zuletzt noch das Gewitter, welches so drohend herauf kam! Das Schicksal hatte es heut einmal böse mit mir im Sinn.« – »Ei,« bemerkte der Förster mit einem leichten Lächeln, »wenn das Unwetter hier zu Lande über uns kommt, geht es freilich nicht sanft her; aber Sie, mein Herr, brauchten vor dem da auf Ihrem Wege keine Angst zu haben. Sehen Sie,« fuhr er fort und deutete hinauf, wo die schweren Wolken eilig seitwärts zogen und nur hin und wider einige große Tropfen fallen ließen; »was so daher kommt, geht selten tiefer in's Land, es muß hinaus über die See.« –

»Nun ja,« erwiderte der junge Mann mit Lachen, »so wäre ich der Wäsche entgangen; aber gebacken und gedörrt bin ich wie die Pflaumen im Herbst.«

Der Krüger war inzwischen zurückgekehrt und hatte auf seinem frühern Sitz, einem seitwärts liegenden Holzklotz, wieder Platz genommen. »Warum in aller Welt,« fragte er nun, »kommt Ihr denn auch durch die Heide? Habt Ihr denn in –t keinen einzigen Freund gehabt, der Euch rathen konnte?« – »Nun,« entgegnete der Angeredete und wandte sich in seiner Antwort etwas gegen den Grenzjäger, »ich heiße Freidorf und bin –.« – »Es ist ein Herr Ihres Namens kürzlich zum Assistenten bei dem Hauptzollamt am Wildpaß ernannt worden,« unterbrach ihn der sich erhebende Grenzbeamte und faßte an die Mütze. »Wenn der Herr dies etwa sein sollte, ich bin der Jäger Frühauf und auf dem ersten Nebenposten stationirt.« – »Schon gut,« sagte Freidorf und nickte dem andern freundlich zu, »ich bin allerdings jener Assistent, aber bleiben Sie ruhig sitzen.«

Der Krüger betrachtete den Beamten mit einem scharfen finstern Blick. »Ihr seid also ein Zollbeamter?« fragte er, »und zwar auf dem Wildpaß? Da weiß ich wirklich nicht, weßhalb Ihr nicht den geraden, ebenen Weg eingeschlagen und Euch lieber durch die Heide gequält.« – »Das wollte ich vorhin sagen,« bemerkte kalt der junge Mann, dem Ton und Blick des Alten nicht behagte. »Ich weiß, daß der Schmuggel gerade in diesen Gegenden ziemlich scharf gehen soll, und da ich noch einige Tage Urlaub habe, wollte ich das Revier doch auch einmal sehen. Ich wußte freilich nicht, daß eine solche Wüste davor liegt.« – »Das hat man von der Neugier und Ungeduld,« sagte der Krüger ruhig und legte phlegmatisch die in kurze schwarze Lederhosen und weiße Strümpfe gekleideten kräftigen Beine übereinander. Der Ton und das Wesen des alten Mannes nicht allein, sondern auch der beiden andern hatte sich, seit der Stand des Gastes entdeckt worden, gänzlich verändert und eine gewisse Unbehaglichkeit schien alle erfaßt zu haben. Freidorf fühlte sich, wie jeder Müde und Hungrige, zum Aerger geneigt und hatte eine ziemlich herbe Entgegnung auf der Zunge, als die Erscheinung einer Frau mit Speisen und Getränk ihn verhinderte sie auszusprechen.

Es war eine weiche, schlanke Figur, deren vielleicht allzugroße Hagerkeit die in diesen Gegenden damals noch hin und wider gebräuchliche alte Tracht aus schweren Stoffen verhüllte. Gegen die Gewohnheit des Landes aber trug sie Schoßjacke und kurzen Rock, Tuch und Schürze von dunkeln Farben, und nur die Strümpfe schimmerten hochroth mit blauen Zwickeln. Leicht, aber freundlich grüßend trat sie zum Tisch, deckte ein grobes, jedoch reines Tuch über des Fremdlings Ecke, setzte ein Eiergericht und saftigen Schinken, so wie Wein in grüner Flasche darauf, kehrte dann in's Haus zurück und brachte rasch auch das kräftige Schwarzbrod, frische Butter und von den kleinen runden, reichlich mit Kümmel gemischten Käsen des Landes. Sie stand dann und überschaute flüchtig das Aufgestellte. »So,« sagte sie mit klarer, tiefer Stimme und senkte die rechte Hand lässig in die unter der schwarz und blau gedruckten Schürze niederhangende dunkle Tasche. »Ich habe das rasch besorgt und der Herr nimmt wohl zur Vesper damit vorlieb. Das Abendessen wird auch keine zwei Stunden mehr säumen.« – »Ich danke,« versetzte Freidorf freundlich und langte nach Messer und Gabel, »es wird vollkommen genügen, und ich bitte nur noch um ein wenig Salz.«

»Else!« rief der Alte hart und runzelte die hohe Stirn, »mußt du denn immer was vergessen! Flink, flink!« – Sie hatte sich auf dem ziemlich hohen Absatz des Schuhs umgedreht und brachte das Geforderte bald herbei. »Wohl bekomm's!« sagte sie dann eintönig und wandte sich zum Hause zurück. – Der Krüger rief sie an. »Schaff, daß das Essen zur rechten Zeit fertig ist,« sprach er kalt und gleichgültig und ohne den Kopf zu ihr zu wenden; »du weißt, wenn der Georg warten muß, setzt es was ab. Und vergiß nicht wieder, was man bei Tisch braucht. Mach!« – Sie hob wieder weder ihre Augen noch den kleinen Kopf, der von der dichten schwarzen Mütze und dem daraus hervortretenden breiten und gestärkten weißen Strich knapp umspannt und leicht vorübergeneigt war. »Schon gut,« sagte sie eben so kalt und kehrte in's Haus zurück.

»Ist das Eure Tochter?« fragte Freidorf, betroffen über diese herbe Scene, und machte sich im Stillen Vorwürfe, daß er selbst sie hervorgerufen habe. – Der Wirth hob leicht den Kopf und schaute flüchtig zu dem Fragenden hinüber. »Meine Tochter?« sagte er und seine Lippe zog sich wie höhnend zur Höhe; »nein, es ist nur meine Sohnsfrau.« Dann richtete er eine Frage an den Förster, die dieser beantwortete, und es entspann sich nach und nach, während Freidorf speiste, ein ziemlich langsames und gleichgültiges Gespräch zwischen den drei andern. Das Gewitter hatte sich inzwischen fast gänzlich verzogen und stand fern im Osten, der Himmel war blau und tief ihnen zu Häupten, und die Sonne, die sich schon hinter die Wipfel des Forstes gesenkt hatte, bestrahlte die weiterhin liegenden Felder mit klarem, vollem Licht.

Freidorf hatte seine Mahlzeit beendet; er zündete sich nun eine von den Cigarren an, die der Alte herbeigedracht und in einem Glase auf den Tisch gestellt hatte. »Bei Gott, mein lieber Wirth,« sagte er dann und lehnte sich nach einem tiefen Schluck aus seinem Glase behaglich zurück, »es sitzt sich hier ganz gemüthlich. Allein wie findet Ihr nur Eure Rechnung bei solchem guten fremden Wein und so trefflichen Cigarren? Es liegt doch ein hoher Zoll darauf und Euer Wirthshaus scheint ziemlich abgelegen und in einem eben nicht reichen Lande.«

»Hm!« erwiderte der Krüger, »das Land ist nicht so schlecht und gibt dem, der es pflegt, sein gutes Auskommen. Und wir haben es auch manche Jahre lang gehabt. Allein, Herr Assistent –«, er betonte scharf den Titel, – »wenn mein Nachbar Strobel oder ein anderer aus dem Dorf sein Glas Französischen trinkt und seine Pfeife bei mir füllt, so erhält er zwar gute Waare, aber doch nicht dieselbe wie Ihr. Dafür seid Ihr aber auch ein königlicher Beamter, könnt mehr aufgehen lassen und müßt mehr honorirt werden. Und was den Zoll betrifft, von dem Ihr sagtet – was geht uns der Zoll an?«

»Und doch liegt Euch das Zollamt sozusagen vor der Nase,« bemerkte der Assistent. – »Nun ja, und dann?« gab der Alte zur Antwort; »ist der Herr ein Kind an Erfahrung und hat noch nie vom Schmuggel gehört?« – »Wohl,« versetzte Freidorf und ein tiefer Ernst lagerte sich plötzlich auf dem freien, verständigen Gesicht und verdüsterte die klaren Augen, »wohl, ich kenne das, weiß, daß er hier stark im Gange ist, und glaubte bisher dennoch nicht, daß man das Ding so offen bespreche und daß königliche Diener nicht allein ruhig zuhören, sondern auch darüber wie über etwas sich selbst Verstehendes lachen.« Er machte eine leichte Bewegung gegen die beiden andern Gäste. Der Grenzjäger aber schüttelte nur leise den Kopf und sagte: »Sie kennen hier die Verhältnisse noch nicht, Herr Assistent.« – »Das scheint so,« bemerkte der Alte und machte sich kaltblütig mit Stahl und Stein Feuer für seine Pfeife, – »Unrecht ist überall Unrecht und Gesetzlosigkeit allenthalben gleich strafbar,« rief Freidorf heftig. »Wer sagt mir, daß nicht auch dieser

Wein, diese Cigarren geschmuggelt sind und ich also schon gewissermaßen mich gleichfalls eines Verbrechens schuldig gemacht habe?«

»Ja,« sagte der Krüger wieder mit derselben unzerstörbaren Kaltblütigkeit, »Ihr gehört zu denen, Herr Assistent, die alles in der Welt nur mit dem guten Auge betrachten wollen, und wenn sie dann einmal auf dies und das stoßen, was ihnen weniger gut scheint, sozusagen aus dem höchsten Himmel fallen und geblendet auch das Nächste und Natürlichste übersehen. Ihr bleibt hier bei uns und ich kann daher Euch heut schon sagen, was Ihr morgen doch von einem andern erfahren werdet. Seht an, es wird viel geschmuggelt längs der ganzen Grenze, trotz aller Bemühungen der vielen Beamten; denn sie können das weite Revier, und gerade dieses Revier, nie zur Genüge besetzen. Und dennoch werden viele Waaren aufgefangen und konfiscirt. Was soll nun das Zollamt mit diesen Vorräthen beginnen? Der Transport in's Inland ist zu theuer und macht sich nicht bezahlt; da man in den naheliegenden Städten mit Schmuggelwaaren versehen ist, bedankt man sich für höhere Preise; hier bei uns geht das eben so, und wenn nun das Steueramt nothgedrungen mit den Waaren räumen und Auktionen anstellen muß, so bezahlt dann für die, meist noch etwas verlegenen oder auch sonst hart mitgenommenen Gegenstände kein Mensch auch nur einen Pfennig mehr, als er etwa dafür an die Schmuggler selbst entrichten müßte. Markten und juden thut der Staat allerdings nicht, weil er hier doch keinen Nutzen davon hätte; er schlägt vielmehr los, sobald er irgend einen annehmbaren Preis erhält und seinen Zollausfall nothdürftig gedeckt sieht: und so kommt es denn, Herr Assistent, daß das Land mit solchen Waaren gefüllt und überschwemmt ist, und daß Ihr diesen Wein und diese Cigarren trotz des Zolls und eigentlich durch den Schmuggel hier etwa um hundert Procent billiger erhaltet als tiefer im Lande.

»Nun werdet Ihr mir vielleicht sagen,« fuhr der Mann nach einer kleinen Pause fort und betrachtete den nachdenklich gewordenen Beamten mit einem scharfen Blick seiner großen blauen Augen, »Ihr werdet mir vielleicht sagen, das alles sei Euch bekannt. Allein Ihr glaubt nicht, daß die Menge solcher Waaren hinreichend sei, das Land zu überschwemmen und alle Krug- und Hauswirtschaften damit zu versehen. Da habt Ihr auch keineswegs Unrecht und ich kann es immer gestehen, daß von der Grenze an bis drei Meilen in's Land hinein und weiter kaum ein Haus gefunden werden möchte, wo man nicht ein geschmuggeltes Stück auftreiben könnte. Ich seh' Euch zornig auffahren,« sprach er lachend weiter und schüttelte den grauen Kopf, »Ihr denkt, dies sei zu dreist von mir und Ihr wäret verpflichtet mich anzuzeigen. Aber, lieber Herr, das wissen hier zu Lande alle und Eure Kameraden am besten. Die versuchen alles Mögliche, um solches Treiben zu verhindern, aber zum Ziel kommen sie nicht. Sie kommen und suchen nach; hier finden sie gar nichts, dort nur den nothwendigen Bedarf, und die Leute geben an, ihn dann und wann von dort oder da mitgebracht zu haben. Beweist ihnen doch das Gegentheil! Oder Ihr findet was und man hält Euch dabei in schönster Ruhe die Quittung über die vom Zollamte erhandelten Gegenstände unter die Nase. Da straft sie einmal Lügen! Nein, Herr Assistent, so kommt Ihr hier im Leben nicht durch.«

»Ja,« sagte Freidorf erregt, »ich war bisher mitten im Lande und in Städten angestellt. Wir kannten dort auch den Schmuggel; er ward betrieben, aber nicht eben stark, und wer sich damit abgab, ward darum weder geachtet noch prahlte er damit. Er wußte so gut wie alle, daß sein Treiben ein verbrecherisches sei. Die Gesetze hatten dort, ich möchte sagen auch eine moralische Bedeutung, einen moralischen Einfluß, der hier leider zu Grunde gegangen scheint.«

»Ich weiß nicht,« erwiderte der Krüger und die hohe Stirn faltete sich noch fester und gedankenreicher, »ich weiß nicht, was Ihr mit Euern Worten sagen wollt, die ich nicht kenne und auch nicht recht verstehe. Vielleicht meint Ihr nur, man müsse das Gesetz nicht allein aus Furcht vor der im Uebertretungsfall eintretenden Strafe achten und halten, sondern auch, weil es so einmal von dem Fürsten und seinen Behörden für gut und ersprießlich befunden worden, das heißt: man müße es halten, weil es nun einmal da ist und wir es daher auch für gut zu halten haben. Allein, mein Herr Assistent,« fuhr der Alte fort und die Pfeife entsank seinen Lippen und er richtete sich höher auf, »ich bin nicht der Meinung und, Gott sei Dank, nicht der einzige Mann im Lande, der es frei und keck ausspricht: ein Gesetz, welches ich für falsch und untauglich und schlecht halten muß, kann ich nicht achten und ehren, und sollte ich im Augenblick des Todes sein.

»Damit,« fuhr der Krüger fort, »kann ich den Fürsten nicht beleidigen, denn erstens ist er so gut ein Mensch wie unser einer und kann irren, und zum andern, was weiß er von diesem Gesetz weiter, als daß es da ist? Wir sehen, was aus dessen strenger Handhabung entsteht, wir wissen, wie wir daran zu Grunde gehen. Der Fürst kann das nicht wissen, denn er sieht weder in unsere Herzen noch in unsere Hütten, er sieht nur die Herren Minister und die andern Hofherren, die wohl auch nichts davon erfahren. Die brauchen Geld, und wie sie es am leichtesten und schnellsten erhalten, nehmen sie es und beurtheilen, was weiter dabei zu bedenken wäre, nur nach ihren Einsichten, nach ihren Meinungen. Nun denken sie: wer dies und das brauchen will, ist wohlhabend und kann bezahlen für die Waare und für den Gebrauch. Will er nicht bezahlen, so bekommt er's nicht und wird es auch nicht entbehren, denn es ist entbehrlich, ein Luxusartikel, oder wie man's sonst nennen mag. – Aber da liegt der Hund begraben!« fuhr der Alte fort und seine Augen entflammten sich, »da sitzt das Unrecht, das himmelschreiende! Was wissen die Herren von unsern Bedürfnissen, was wir entbehren können und was nicht? Das können wir allein und die mit uns und nicht nur zwischen uns leben. Wenn die Rede ist von entbehren können – das geht weit. Zum nackten Leben braucht der Mensch nichts weiter als ein Stück Brod oder ein paar Wurzeln und einen Schluck Wasser. Wozu mühen wir uns denn aber und arbeiten unsern Wohlstand zu vermehren? Ich meine, der Herrgott hat uns erschaffen und unterschieden von dem Vieh und all dem Gethier, nicht allein damit wir nur den Athem, das Leben in uns fristen, sondern daß wir auch ringen und schaffen und das genießen, was gut ist und das Leben angenehm macht. Denn die Erde bietet doch so viel des Guten und Angenehmen. Oder soll dies alles nur für die Reichen da sein, für die, welche so und so viel im Vermögen haben? Und also, wenn der eine sich jährlich dreihundert Thaler macht und ein anderer dreitausend einnimmt, soll jenem der Genuß einer Flasche Wein oder einer guten Pfeife Tabak nur deßwegen versagt sein, weil er zehnmal weniger besitzt als der andere? Ja, wenn der Preis der gewünschten Waare eigentlich so niedrig steht, daß sich der Arme sogar dieselbe noch verschaffen kann, ist es recht, daß man sie ihm durch eine hohe Steuer entzieht und sie nur jenem erlaubt, der ihren Werth doppelt bezahlen kann? »Ich seh' es ja ein,« sprach er weiter, »der Fürst braucht Geld, um den Staat zu erhalten, und es muß daher zusammengebracht werden. Aber es kommt doch aus den Taschen der Unterthanen, und daher, scheint mir, müßten die Leute doch auch befragt werden, wie ihnen die Beschaffung am leichtesten werden könnte. Wer was geben soll, den muß man doch fragen, wie er's geben kann und will; soll er ungefragt geben, unter jeder Bedingung, da gibt er nicht mehr, sondern es wird ihm genommen. Das wäre ein Unrecht, und daher müssen die Leute gefragt werden, und wieder auch nicht alle, sondern nur, die sie unter sich als die vernünftigsten Köpfe ausgewählt haben. Das sind unsre alten Stände, wie wir sie hießen, die man uns mit Unrecht nahm; mit denen müßte man reden und sich verständigen. Ich weiß nicht, was da herauskommen würde, denn dazu bin ich zu dumm, ich habe nicht darauf studirt, aber die Zölle ließen sie gewiß und wahrhaftig nicht bestehen. Denn die sind halb eine Schande, halb ein Unsinn, Ich will gar nichts sagen von den Zöllen auf Lebensmittel, die wir bei uns selbst hervorbringen, die wir nicht entbehren können – denn wer lebt noch ohne Brod und Fleisch? – deren Ungerechtigkeit sieht ein Kind ein. Aber ich frage, Herr Assistent, weßhalb besteuert man das, was wir weder bei uns schaffen noch entbehren können und daher aus fremden Ländern einführen müssen? Da ist das Salz, von dem wir hier im Lande nicht genug haben; da ist Pfeffer, Reis, Kaffee. Ja, der Kaffee ist vom Ueberfluß, sagt man. Aber das ist nicht wahr. Geht hin zu den armen Leuten: sie trinken ihn zur Erwärmung Mittags und Abends, denn sie können sich schon bei den jetzigen Preisen keine so wohlfeile Suppe verschaffen. Wär's nicht besser, wenn sie ihn billiger und von guter Sorte hätten? – So könnt' ich Euch hunderterlei nennen, aber das eine mag genügen. Nein, wenn ihr besteuern wollt, so besteuert das, was wir bei uns eben so gut haben oder schaffen könnten und nur aus reiner Kommodität, oder auch weil bei uns die Anlagen und Fabriken nicht fortkommen, von auswärts einführen. Dann aber muß der Staat seinen Angehörigen unter die Arme greifen und ihnen behülflich sein, daß sie gegen das Ausland aufkommen können, damit, wenn sie so weit sind, auch diese letzten Zölle aufhören dürfen. Das *muß* der Staat, denn wir alle halten in ihm zusammen und arbeiten auch für das Ganze, damit wir uns einer an dem andern halten können und durch das Ganze wieder in unserm einzelnen Wirken gesichert und gefördert werden.«

Der Alte hatte das Mitgetheilte nicht in einem Zuge gesprochen; er ward vielmehr oft unterbrochen, sei es, weil er für die Gäste sorgen mußte, die sich nach und nach aus dem Dorfe eingefunden hatten und ihr Glas Wein forderten, sei es durch die Leute selbst, die mehr als einmal dazwischen sprachen, Fragen stellten, ihre Billigung zu erkennen gaben. Allein das alles störte ihn im Ganzen so wenig, daß auch wir es übergehen zu können glaubten. Der Krüger sprach so fließend und klar, wie man es selten von Leuten seines Standes hört, und wie man es im breiten, platten Dialekt jener Gegend nicht für möglich zu halten pflegt. Allein es zeigte sich hier, was sich überall bestätigt hat, sei es im Kreise der Gesellschaft oder der Familie, sei es auf dem rohen Tisch in der Volksversammlung, oder auf der prächtigen Tribüne vor den Kammern: bei tiefer Ueberzeugung, wirklicher Einsicht und gesunder Vernunft müssen klare Gedanken und Worte schier von selbst kommen und selbst der rauhste Dialekt sich durchringen und siegend zum Ziele strömen.

Freidorf hatte aufmerksam und fast immer schweigend zugehört, denn es interessirte ihn, die Gedanken dieses ungebildeten und doch so scharfsinnigen Kopfes so frei und frank vor sich hintreten zu sehen. Er begriff allerdings recht gut, wie viel in diesen Worten unrichtig war und sich leicht hätte widerlegen lassen, aber er bewunderte auch den Mann, der in dieser Stellung, in dieser Abgeschiedenheit so ernst, so erfolgreich über die höchsten Interessen des Staats und der Gesellschaft nachgedacht hatte, und er mußte den Kern der tiefen Wahrheit anerkennen, der dem allen zu Grunde lag und sich durch nichts wegdisputiren ließ. Von diesem Gesichtspunkte, wie ihn der Mann des Volks aufstellte, war ihm die Sache auf dem staubigen Bureau und in der Unterhaltung mit seinen Freunden und Nebenbeamten noch nie erschienen. Er hatte das Steuerwesen bisher kaum von einer andern Seite betrachtet als von jener schmählichen, unseligen, wie es vorige Zeiten auffaßten und anwandten, wo man die Verschließung des Landes zum System erhob und das größtmögliche Zurückhalten des Geldes zum Ideal der Staatswirthschaft machte, wo man die Einwohner nur als Unterthanen und Objekte betrachtete, mit welchen und an denen das Subjekt, d. i. die Regierung, seine Systeme, seine Ideen und Ideale durchkonjugirte und deklinirte. Da war von dem Wechselverhältniß der einzelnen Bürger zum Staat und des Staats zu den einzelnen Bürgern keine Rede; man träumte nicht einmal von Rechten und Ansprüchen des Einzelnen dem Ganzen gegenüber, obgleich diese Rechte und Ansprüche doch so klar zu Tage lagen, so einfach, so verständlich waren. Und das sprach der Schlußsatz des Krügers, wenn auch nur annähernd, dennoch bestimmt aus. Freidorf saß in tiefen Gedanken, und manche Masche zerriß in dem trübenden Schleier, mit dem seine Augen bisher verhüllt gewesen.

»Aber,« fuhr der Alte plötzlich wieder fort und sah sich ernsthaft im aufmerksamen stillen Kreise um, »daß die Zölle hart sind und unbillig, rechtlos und vernunftlos, daß sie uns mit Gewalt aufgelegt sind und uns mit Gewalt das Geld aus den Taschen nehmen, daß sie uns, die wir arm sind, zwingen zu entbehren, das, ihr Leute, ist in meinen Augen noch immer nicht das Schlimmste. Aber es stößt mir das Herz ab, wenn ich nun sehen muß, was man auf diese Manier aus einem einst glücklichen Lande und aus zufriedenen wackern Bewohnern, desselben in kurzer Zeit machen kann. Wir waren früher -isch und kannten keine Zölle, der Handel ging frisch und lustig herüber und hinüber. Nun ist das anders worden. Wir waren zufrieden, und nun sind wir mißmuthig, verstimmt, habgierig, neidisch – weiß Gott was alles! Wir waren arm, alle mit einander, aber wir lebten ein rechtes, thätiges Leben und mühten uns rechtschaffen um unser Auskommen und sein Brod hatte jeder. Nun haben wir Bettler und Vagabunden im Lande. Seht einmal hinein in's Hauswesen, in die Wirtschaft! Die geht wie ein Krebs immer sachte zurück, denn der Schleichhandel wirft mehr ab und sicherer als die Wirtschaft. Die Arbeit bleibt liegen, alles läuft über die Grenze; was man nicht sauer und offen erworben, das achtet man nicht, man verpraßt es so leicht wie man's gewonnen. Der Ackerbau geht zu Grunde, denn es fehlt an Händen, es fehlt an Lust. Seht hinein in die Familien! Damit geht's retour: das lebt nicht mehr still und mäßig neben einander hin, gottesfürchtig, ohne Hader und Neid; es heißt jetzt: sechs Tage gehungert und einen verpraßt! Knechte und Mägde früher, die waren lustig, wie jedes junge Blut, aber sie waren auch manierlich, bescheiden, arbeitsam; sie gehörten zur Familie, sie achteten auf ihren Herrn, auf ihre Frau und waren wie diese ein Beispiel für die Kinder. Nun ist es meistens verlaufenes Gesindel, das nur ein augenblickliches Unterkommen sucht, heut zuzieht und morgen davonläuft. Sie sehen nirgends was Gutes und thun's selbst nicht. Der früher ihr Herr war, freundlich, aber doch ernst und immer über ihnen, der ist jetzt oft mitten drunter, läuft auch die Schleichwege, verpraßt was er gewonnen, wird ein Spieler, Trunkenbold, ein schlechter Patron, dem nichts mehr heilig ist, der sein Heimwesen vernachlässigt, Weib und Kind prügelt, einen Grenzbeamten auf den Kopf schlägt, als sei er ein Thier. Da wird die Frau auch kalt, schlecht, hält nicht mehr zu Rath, vernachlässigt ihrerseits auch das Hauswesen und die Kinder dazu, treibt sich auch umher und geht zu Grunde. Und dann kommt das Verräther- und Angeberwesen, Spionerie und Bestechung. Da kann man seinem Kinde nicht mehr trauen und die Dienstboten sind Horcher; da verräth die Frau ihren Mann, der Vater den Sohn. Da halten auch die Beamten ihre Hände auf und drücken die Augen zu und betrügen ihrerseits die Regierung. Kurz, Liederlichkeit, Gottlosigkeit, Verrath, Lug und Betrug auf allen Ecken und Enden. Das ist das Ende vom Liede. Das findet ihr überall in unserem armen Lande, und darum verfluche ich die Zölle, und darum hasse ich ihre Diener, denn die haben uns das Unheil gebracht und das Elend, das Verderben.«

Als der Krüger schwieg, war es ringsum still; die meisten schauten ernst darein, und nur über das gebräunte pockennarbige Gesicht des Grenzjägers lief ein leichtes Lächeln, welches Freidorf auffiel. Endlich sagte einer der Anwesenden zum Krüger: »Ihr laßt heute ja wohl anmähen, Nachbar?« Und der Alte erwiderte: »Ja freilich, und da kommen auch schon meine Leute.« Dann kehrte er sich zum Thor und rief zornig in's Haus: »Else, Else, daß dich der Teufel regiere! Wo bleibt das bunte Wasser?« Gleich darauf trat sie mit gefüllter Schürze und von einer Magd gefolgt aus dem Hause und ging schweigsam mit flüchtigem Grüßen vorüber. Vor dem Nebengebäude ward ein breites flaches Gefäß, dort zu Lande eine Balge genannt, auf einen ziemlich hohen Untersatz gestellt und von dem Mädchen mit Wasser aus dem Ziehbrunnen gefüllt; dann that Else aus ihrer Schürze Laubwerk, Blumen und die gerade reifen Fruchtarten hinein; bunte Bandenden, Schaum- und Knistergold wurden darauf gestreut.

»Was bedeutet das?« fragte Freidorf, als er die Frau jetzt zurückkehren sah. – »Sie sind hier noch fremd,« versetzte der Grenzjäger,

»und kennen die Gebräuche nicht. Wenn der Roggen angemäht wird, bereitet man am ersten Abend für die heimkehrenden Leute ein Wasser und thut, wie Sie eben sahen, allerlei Gegenstände hinein. Man nennt es das bunte Wasser.« – »Wozu aber?« fragte der junge Mann. – »Das werdet Ihr gleich sehen,« antwortete der Krüger und deutete auf einen Trupp Männer und Frauen, die durch's Dorf mit Jubel und Gesang daher kamen.

Ein kräftiger, noch junger Mann ging mit raschem Schritt den übrigen voraus, trat zu dem Kreise unter den Baum, grüßte den Alten mit einem »guten Abend, Vater,« und die andern mit einem kurzen Nicken, hing die Sense an einen Pflock in der Wand des Hauses und ließ sich dann auf einer Bank nieder. »Na,« sagte er endlich und warf den flachen breitkrämpigen Hut auf den Tisch, fuhr mit der Hand über die gebräunte heiße Stirn und ließ die scharfen Augen die Gäste überfliegen, »da find' ich ja reichlich Gesellschaft. Du auch da, Förster? Ja, wie immer, ich seh's schon! Und der liebe Frühauf, und –.« – »Das ist der neue Assistent auf dem Paß und heißt Freidorf,« unterbrach ihn der Vater, indem er auf den Genannten deutete. – »So so, schon wieder ein Neuling!« fuhr der Sohn mit höhnischem Lächeln fort. »Ich weiß nicht, was die Herren da oben nur denken mögen, wir haben das Land voll und sie schicken immer mehr.« – »Darnach fragt Ihr die Herren bei Gelegenheit am besten selbst,« bemerkte Freidorf, der sich durch den Ton des Redenden gereizt fühlte. – »Sachte, Herr Assistent, ärgert Euch nicht!« entgegnete der Vorige mit rauhem Lachen. »Ich bin gar nicht neugierig und meinetwegen mögen sie tausend schicken; mir ist's egal. Else! Weib!« rief er dann, »kannst du mir keinen Schluck Bier bringen?« Und aufspringend fuhr er fort: »ich muß nur selbst danach sehen, der Person wegen kann ich verdursten.« Damit stürmte er in's Haus und gleich darauf konnte man seine harte scheltende Stimme vernehmen.

Unterdessen waren die Leute zu dem Gefäß mit Wasser geeilt, und indem einige die Früchte heraussuchten, andere sich mit den nassen Blumen und Bändern neckten, noch andere sich einfach die Hände wuschen, drängten alle sich näher und näher heran; von den Gästen hatten sich auch einige jüngere Leute munter hinzugemacht und der Kreis und das Treiben, das Jubeln wuchs, bis endlich dieser oder der, um sich Raum zu schaffen, oder nur des Scherzes wegen

mit vollen Händen das Wasser zu verspritzen begann. Nun ward
Lärm und Treiben erst groß und wild. Man neckte und haschte sich,
man jauchzte und schrie; alle spritzten, alle suchten sich gegen die
übrigen zu schützen, die Mägde kamen nicht zum Besten davon
und theilten ehrlich wieder aus. Das Gefäß ward hierher und dorthin gezogen, der Wirbel zog sich über den Hof, die Gäste bekamen
gleichfalls eine flüchtige Sprühe, und selbst der Krüger ging nicht
leer aus, bis das Wasser zu Ende war, das Gefäß zur Seite gesetzt
wurde und die Theilnehmer sich triefend und mit den Blumen oder
Bändern prunkend hier und dorthin verloren.

»Das ist nun hier so Gesetz,« sagte der Alte lachend, als er
Freidorf sich einige Tropfen abtrocknen sah: »wer heißt Euch auch
just am ersten Tag der Ernte bei uns anlangen? Mitgefangen, mitge-
hangen.«

Darüber war die Dämmerung bereits stark hereingebrochen, die Gäste erhoben sich, um sich nach Hause zu begeben, auch der Förster ging davon, und Freidorf mit dem Grenzjäger folgte dem vorangehenden Alten, um die Abendmahlzeit einzunehmen. Vom Thor aus erstreckte sich mitten durch das Haus die breite geräumige Tenne, rechts lagen Stallungen und Getreide- und Futterräume, links schloß sich unmittelbar der weite offene Platz der Küche an. Trotz dieser alterthümlichen Einrichtung war jedoch auch hier schon manches verändert worden; der Boden der Tenne und Küche war mit einer guten festen Decke versehen und in den Wänden der letztern fand man nichts mehr von jenen Schiffskojen ähnlichen Nischen, in denen die Bewohner sonst ihre Lagerstätten aufzuschlagen pflegten, und von wo die Hausfrau den ganzen innern Raum ihres Eigenthums bei Tag und Nacht, gesund und krank, vor Augen hatte. Hier, nahe am Herde, war der Tisch für die Hausbewohner gedeckt, die Gäste aber führte der Krüger links in die Wirthsstube, ein großes Zimmer, welches den ganzen vorspringenden Flügel ausfüllte. Dort wurden sie allein und bei ihrem einfachen, aber kräftigen Mahl gelassen.

Nun fragte Freidorf, der bisher still gewesen und noch immer den Reden des Alten nachgedacht, den Jäger, weßhalb er vorhin gelacht habe, und setzte dann hinzu: »Mir fiel das auf, Herr Frühauf. Der Mann sprach so ernsthaft, vor so vielen Zuhörern, daß ich kaum an eine Unwahrheit oder Uebertreibung glauben kann, wenn ich andererseits auch eine solche Größe des Verderbnisses und Elends fast für unmöglich halten möchte.« – »Ei,« erwiderte der Angeredete nach einer Pause mit einem gewissen Zögern in der Stimme, »das Verderbniß ist groß und das Elend nicht minder; der Ackerbau liegt bei den meisten tief darnieder und das häusliche Leben ist in argem Verfall. Das ist gewiß und leider Gottes schlimm genug, wenn der Krüger auch das Ding ein wenig übertrieben haben sollte. Das geht dem Menschen so, wenn er einmal im Feuer ist und einen rechten Text vor hat, da kommt's denn auf eine Handvoll Noten nicht an. Darüber lacht' ich auch nicht, sondern vielmehr über die alte Historie vom Splitter und Balken. Der Alte schnackt da nun schier das Weiß zu Schwarz und thut wie ein Unschuldsengel, und doch sollte er sich an die eigene Nase fassen. Sein Ackerwesen ist zwar in gutem Stande, denn er ist dahinterher wie ein Schießhund und weiß was Knöpfe bringt. Aber sein Hauswesen, oder das seines Sohnes – puh!«

»Das hab' ich leider schon selbst bemerkt,« sprach Freidorf kopfschüttelnd. »Es ist doch eine so freundliche, schmucke Frau und nimmt des Schwätzers Härte und des Mannes Toben so ruhig an. Sie mag wohl ein wenig vergeßlich und flüchtig sein, aber das wird durch solch' Schelten nicht gebessert.« – »Ja ja,« sagte Frühauf, »es hat alles seinen Haken, aber –« und dabei deutete er gegen die Thür, durch welche man die in der Küche Befindlichen reden hören konnte. »Das ist nun eins,« fuhr er dann mit gedämpfter Stimme fort, »doch er sprach auch vom Schmuggeln, und da – na, na!« Und er aß wieder weiter. – »Wie denn?« fragte Freidorf, gleichfalls leise redend; »schmuggelt er denn selbst? Freilich nach seinen Reden und Ansichten könnte man das vermuthen.«

Der Jäger neigte sich zu ihm und sprach, während er Teller, Messer und Gabel laut und eifrig bewegte, in flüsterndem Tone: »Nun, Herr Assistent, es ist hier darüber schlecht zu reden, die Leute könnten horchen. Sehen Sie, der Alte und der Georg sind noch nie beim Geschäft betroffen worden, im Kruge ist trotz aller Nachforschungen nie etwas zu finden gewesen, und dennoch spricht man von ihnen als Hauptschmugglern; das Haus hier steht in dem Ruf, daß es die Hauptniederlage der Waaren und die Herberge der kecksten Schleichhändler sei, und heißt allgemein der Schmuggelkrug. Aber wie gesagt, wir entdeckten nie etwas und sind doch alle scharf hinterher, und zumal der Jeremias, der ein furchtbares Gift auf sie hat.« – »Wer ist dieser Jeremias?« fragte der junge Mann. – »Er ist ein Grenzjäger wie ich, aber ein berittener, und auch auf unserem Posten.« – »Und weßhalb haßt er die Leute?« – »Ei, das ist gegenseitig,« lächelte der andere: »sie geben's ihm ehrlich zurück, und nicht, hier allein. Er ist ringsum grausam verhaßt und ich möchte nicht in seiner Haut stecken.« – »Aber weßhalb, weßhalb?« fragte Freidorf ungeduldig. – »Je nun,« war die Antwort, »ich rede einem Kameraden nicht gern Uebles nach, allein wenn es der Herr Assistent wissen will – die Geschichte wird verschieden erzählt. Einige sagen, der Jeremias sei unter der Hand aufgefordert worden, für ein gut Stück Geld den Schmugglern zu Diensten zu sein; da habe er den Unterhändler angezeigt und ihn in's Zuchthaus schicken lassen. Andere sprechen dagegen, mein Kamerad habe selbst seine Dienste angeboten, jedoch zu viel verlangt und eine Abweisung erhalten. Darauf habe er den Burschen, mit dem er gesprochen und durch den er auch die Antwort erhalten, wegen eines Bestechungsversuchs angeklagt u. s. w.« – »Das ist aber furchtbar!« sprach Freidorf heftig; »und was ist nun das Richtige?« – »Wohl das ersten,« gab der Jäger zur Antwort, indem er mit einer Brodrinde seinen Teller abwischte. »Denn vor anderthalb Jahren kam wirklich ein Bursche auf Jeremias' Denunciation in's Zuchthaus und seit der Zeit ist er barsch und wild wie ein Wolf und molestirt und chikanirt die Leute auf's Menschenmögliche, so daß ich es ihnen kaum verdenke, wenn sie ihm nicht grün sind. Allein,« schloß er, »es ist hier, wie gesagt, nicht gut zu reden. Ich muß nun auf meinen heutigen Posten am Königsbruch, und wenn mich der Herr Assistent noch ein Stückchen begleiten wollten, würde ich unterwegs besser auf Ihre Fragen antworten können.«

»Das will ich,« erwiderte Freidorf; sie standen auf, gingen durch die Küche, wo sie die Hausbewohner noch beim Essen trafen, und nachdem der junge Mann gesagt, er wolle nur den vom langen Reiten steifen Beinen einige Bewegung machen und werde bald zurückkehren, verließen sie das Haus und schritten um den Garten in das stille Holz. Da erzählte der Jäger mancherlei über die Gegend und ihre Bewohner, über den Schleichhandel und seine Wege, über Hauswesen und Familie des Krügers. Freidorf hörte aufmerksam und traurig zu. Er sah so trübe Tiefen, so düstere Schatten.

Unterdessen hatten auch die Bewohner des Krugs ihre Mahlzeit beendet und Knechte und Mägde, bis auf eine, die noch das Geschirr zu reinigen hatte, entfernten sich, um ihr Lager aufzusuchen. Dann setzte sich der Alte mit seiner Pfeife zum Feuer, die Frau nahm das Spinnrad und Georg schritt mürrisch auf und ab.

»Was die Beiden wohl im Wald mit einander zu klönen[1] haben?« bemerkte endlich der Sohn; »das Volk hängt doch aneinander wie die Kletten. Aber der Frühauf –.« – »Hm!« machte der Krüger und warf einen blitzenden. Blick auf das geschäftige Mädchen. – »Aber der Frühauf,« fuhr Georg gleichgültig fort, »ist doch der beste von ihnen, obgleich all die Gesellen nichts taugen.« – »Der Neue, der

---

[1] So viel wie schwatzen, oft mit dem Nebenbegriff des Ausplauderns.

Assistent,« meinte der Alte, »scheint ein billiger Mensch zu sein.« – »Bah!« versetzte der Sohn, »freilich wird er kein solches Unthier sein wie der Hermann Jeremias, der glatzköpfige Heuchler. – Sagt doch, Vater,« fuhr er fort und blieb vor dem Alten und der Frau stehen, »ist der am heutigen gesegneten Tage nicht auch hier gewesen?« – »Nein,« war die kurze Antwort. – »Ei, das wundert mich,« sprach er weiter und seine Augen flogen mit einem höhnischen Ausdruck über die verschiedenen Personen; »er weiß doch sonst, wo es feine Bissen absetzt für geringes Geld; er ist doch wieder so freundlich gegen uns, so weich und sanft, als hätte er Seife gegessen. Ist er nicht hier gewesen und hat gehorcht, geklönt und gelächelt mit dir, Else? Du bist ja stockstill heut Abend? Hm, hast du dich müde geredet mit ihm?« – Sie zuckte nur flüchtig die Achseln, und ohne aufzusehen, sagte sie kalt: »Du bist nicht bei Sinnen; du hörst ja vom Vater, daß er nicht hier gewesen. Und sonst hab' ich auch nicht dreimal mehr mit ihm gesprochen, als ich mußte.«

»Ja, hör' doch, du bist ja ein Unschuldsengel!« erwiderte Georg höhnisch. »Also damals an der Gartenhecke sprachst du ihn zuerst und neulich hier unter dem Baum war euer zweites und letztes Gespräch. Ist's nicht so?« – »Wenn man mich fragt, muß ich antworten, hat man mich gelehrt,« versetzte sie kalt. – »So? ei!« fuhr er immer heftiger fort, »und ich lehre dich, daß du gar nicht mit ihm redest. So ist's und das will ich! Und willst du reden, so kannst du's mit dem Vater thun oder mit mir, und das sollst du und sollst nicht dasitzen wie dein Spinnrad – ja das schnurrt doch noch, aber du thust den Mund nicht auf.« – »Das Reden läßt sich doch nicht kommandiren,« sprach sie. – »Ei doch, mein Schatz,« entgegnete er giftig; »siehst du, ich kommandir' es und ich will's!«

Und nun ergoß sich ein Strom von Tadel und Anklagen, von Schmähungen und rohem Schelten über das stille, unglückliche Weib. Sie solle und müsse anders werden; sie solle zur Arbeit und in's Feld, sie sei »krank wie'n Huhn, das mag essen und nichts thun.« Sie solle sich um den Mann bekümmern; sie müsse auf's Hauswesen sehen lernen. Das Brod sei schlecht wie die Sünde und das Getränk sauer. »Und dann sitzt sie da,« schloß er, »steif und starr. Das will ich nicht! Du sollst reden, du sollst um Vergebung bitten, du sollst geloben dich zu bessern!« – Ohne mit ihrer Beschäftigung innezuhalten, hob sie nur flüchtig den Kopf. »Das Spinnen da pressirt mehr als das Sprechen,« meinte sie ruhig, und ein leises kaltes Lächeln lief über ihr krankhaft scharfes und doch noch schönes Gesicht. »Du brauchst mehr Strümpfe bei deinem gottlosen Laufen, als Mode ist, und die Frau soll sie einmal schaffen.«

»Weib!« drohte er. Aus der gerötheten Stirn traten die Adern scharf hervor, die Arme sanken vom Rücken und die Hände ballten sich krampfhaft. Der Krüger hatte bisher theilnahmlos in's Feuer gestarrt. Bei den Worten der Frau aber hob er mit einem plötzlichen Ruck den alten grauen Kopf und sah bald auf den Sohn, bald auf das Weib, das schon wieder so still bei der Arbeit war wie je. »Else!« sagte er drohend und streckte wie abwehrend die Hand gegen Georg aus, »das ist die Art nicht, deinen Mann wieder gut zu machen, wenn du ihm vorwirfst, was wir alle treiben und für recht halten, was uns so viel einbringt. Du bist keine Heilige, wenn du auch keine Mannsläuferin bist. Du taugst wenig zu einer Bauerfrau und bist es doch. Drum lerne und gib dir Müh, sei freundlich und gehorsam; denn so wird man was, aber nicht wenn man tückisch ist und die Hände in den Schooß legt. Verbitt' dich!«[2] Der Alte schwieg, und nachdem er den messingenen breiten Kamm, der sein zurückgeschlagenes langes graues Haar am Hinterkopf festhielt, wieder zurechtgeschoben, richtete er seine Augen wieder gleichgültig auf das Feuer. – »Ja,« fuhr Georg fort, dessen Wuth sich bereits zu seinem gewöhnlichen Hohn umgewandelt hatte, »dabei wird man nichts, aber man kann dem Unsinn nachhängen, den man im Kopf hat, man kann so hübsch an den Herumtreiber, die Milchsuppe, den blassen Fritz, denken und so jammervoll über ihn lamentiren.«

Else ließ die Hände in den Schooß sinken und ihr Fuß ruhte. »Mann,« sagte sie und man hörte ihrer sonst so sichern und reinen Altstimme ein leises Zittern an, »Mann, ich bitte dich, das lasse nun einmal ruhen, wie du es mir versprochen hast. Du weißt, ich habe mir nichts zu Schulden kommen lassen, und du kannst mir nichts vorwerfen. Gegen unsern Herrgott kann niemand, wenn der etwas fügt, und ich beklage mich auch nicht. Aber wider die Gedanken in des Menschen Kopf kann auch niemand, selbst der Herrgott nicht. Was dir einmal passirt ist, und es war recht ernsthaft, das sitzt dir

---

[2] Sich bei einem verbitten, so viel wie ihn um Verzeihung bitten.

im Hirn fest, bis du todt bist oder von Sinnen. Das kann einschlafen und der Staub mag sich darüber legen, wenn du's ruhen läßt; aber wo du es alle Tage aufrührst, da bleibt, es in Ewigkeit wach und munter.« Sie sprach mit einem solchen Ernst und einer solchen Energie, daß der zornige Mann sie nicht zu unterbrechen vermochte; allein nun setzte die noch immer gegenwärtige Magd gerade ein Geschirr hart in das Brett und Else sah sich hastig um. »Geh,« sagte sie, »ich dachte, du wärest längst davon; es schickt sich nicht, daß die Dienstboten zuhören, wo die Herrschaft zu reden hat. Geh, Trine.« – »Nein, sie soll bleiben!« rief Georg. »Sie will ja heirathen, und da kann sie nun lernen, was sich für eine Frau schickt und wie es ihr geht, wenn sie toll und schlecht ist. Du bleibst, Dirne!« – »Ich bin fertig, Herr!« versetzte das Mädchen trotzig und wandte sich zum Gehen. »Und übrigens braucht Er mich nicht zu lehren, was sich schickt. Das weiß ich schon längst.« Damit verließ sie die Küche.

»Die Weiber werden alle aufsäßig!« rief er zornig lachend und schüttelte die geballte Faust. »Aber die eine jag' ich aus dem Dienst und die andere will ich auch schon kriegen! Das Winseln und Schmatzen soll mich nicht mehr abhalten. Doch ich will mich nicht mehr ärgern,« fuhr er fort und wandte sich an den Vater. »Ich habe draußen einen Brief von –z erhalten, der besprochen sein will. Ihr kommt wohl in Eure Kammer, Vater. Es ist spät und wir haben noch viel zu reden.« Der Alte erhob sich, zündete eine Lampe an und ging mit dem Sohn hinaus. Else saß noch einige Zeit lang ruhig; dann stand auch sie auf, setzte das Spinnrad in die Ecke am Herd, rief die Magd und befahl ihr auf den Fremden zu warten. Sie selbst ging durch den Gang, der von der Küche aus die lange Seite des Hauses theilte, und trat in den Garten. Nahe am Zaun, der längs des Waldes hinlief, stand ein uralter Apfelbaum mit vielen verdorrten Zweigen und darunter lag ein großer Klotz statt der Bank. Da setzte sich das junge Weib und war allein in der Nacht.

Nach einiger Zeit kam Freidorf aus dem Walde zurück. Da er nicht fern vorbeiging und die Sommernächte selten sehr dunkel sind, erkannte er die Sitzende, allein er mochte sie nicht anreden, schritt vorüber in's Haus und suchte sein Lager.

Das junge Weib saß einsam, allein mit der Bitterkeit seines Herzens, mit seinem verlorenen und vergrämten Leben, mit schweren, trüben Gedanken. Der Mond war noch nicht aufgegangen, aber die Sterne leuchteten und die Nacht lag im durchsichtigen Dämmer schön und mild. Es regte sich nicht ein Hauch, weder in der Luft noch im Walde, auch das letzte Flüstern war erstorben zwischen den geschmeidigen langen Zweigen, und das bebende Laub schlief auf seinen schwanken Stielen. Sie hatte sich zurückgelehnt an den Stamm und die schmächtigen Arme über die Brust gekreuzt; aus dem aufwärts gerichteten Gesicht schauten die prächtigen großen dunkelgrauen Augen still zur Höhe. Zuerst waren in der Ferne ein paar dumpfe Schüsse gefallen! nun aber hörte sie nichts als das Schwirren eines Nachtfalters und das harte Klopfen ihres Herzens: sie sah nichts als die schwarzen dürren Zweige, die der Baum über sie hinstreckte, und hoch drüber den weiten, von den Sternen matt erhellten Himmel. Da saß sie nun und dachte.

Sie war ein glückliches Kind gewesen, der einzige Sprößling im behaglichen Hause wohlhabender Eltern, gehegt und gepflegt als die Krone und das Kleinod des Lebens nicht allein, sondern auch des Wohlstandes, die Schönheit und der Liebling des Dorfs. Der alte Schulmeister ihrer Heimat war so gut vernarrt in sie wie all die übrigen, und da er zufällig ein ziemlich gebildeter Mann war, brachte er ihr mit Lust und Liebe alles Wissen seines Kopfes bei. Denn er sah sie beschenkt und bevorzugt von allen andern, er wollte nicht zurückbleiben und nannte wie ein rechter deutscher Schulmeister nichts auf der Welt sein als die Armuth, sein Wissen und eine reiche Erfahrung. Das gab er ihr hin und sie war sein Stolz: allein an die Folgen hatte er nicht gedacht, sonst hätte er ihr vermuthlich zu dem gewöhnlichen kümmerlichen Unterricht nur noch den Segen seines liebevollen Herzens mitgegeben. Sein Geschenk gereichte ihr nicht zum Glück, wenigstens nicht zu dem, welches darin bestehen soll, daß man das Leben gleichmüthig und gedankenlos hinnimmt und trägt, wie es kommt und wie es geht. Das wenige, was er ihr geben konnte, genügte, sie weit über Ansichten und Leben ihres Landes, ihrer Zeit und Umgebung zu erheben, Gefühle in ihrem Herzen und Gedanken in ihrem Kopf zu wecken, die ihr sonst der Traum nicht vorgespiegelt hätte, die sie für gut und richtig halten mußte und dennoch nirgends verwirklicht fand, noch selbst zu verwirklichen im Stande war. Mit einem Wort – es war für sie das zweideutige Geschenk der Elfen: ihre Augen wurden hell für Schätze und Qualen, die den andern verborgen waren und von denen sie die einen doch nimmer erreichen, den andern niemals ausweichen konnte.

Und dennoch wäre es vielleicht noch zu ihrem und der Ihrigen Glück ausgeschlagen, wenn um ihr Herz und Leben eine volle reiche Liebe ihre glänzenden magischen Kreise geschlungen hätte, eine Liebe, wie sie dieselbe erhoffte und wie sie ihr damals nahe war. Denn sie erneuerte die Bekanntschaft mit ihrem Spielgefährten Fritz, der einige Jahre lang die Jägerei in der Ferne erlernt hatte und nun in der nahen Försterei als Gehülfe angestellt war. Die Sache nahm ihren einfachen Verlauf, die Bekanntschaft ward zur Liebe, die Eltern sahen es so gut wie jeder und sprachen nicht dawider, denn das Mädchen hatte Geld und der Bursche die Aussicht auf einen guten Posten. Aber der Hof, den die Eltern bewohnten, brannte eines Tages ab, da die meisten Bewohner im Felde waren; gerettet ward wenig oder nichts und Feuerversicherung fand für ländliche Gebäude damals noch nicht statt. So ward der Bauer ein Bettler und alsbald, da seine Frau an den Brandwunden starb, auch Wittwer.

Es war eine theure Zeit, die unmittelbar auf den Krieg folgte. Das Geld war knapp, die Grundstücke hatten den geringsten Werth, die Regierung konnte ihrem Pächter nur eine unbedeutende Unterstützung geben. Der Alte verzweifelte, mit so geringen Hülfsmitteln zu einem neuen Eigenthum gelangen zu können, stand seine Pacht für eine Kleinigkeit ab und lebte kümmerlich in einer schlechten Köthnerwohnung. So lange er im Glück saß, war er ein wackerer, thätiger und nüchterner Mann gewesen, nun aber im Unglück ging es ihm wie seinen Standesgenossen so oft: er ergab sich dem Brüten, dem Nichtsthun und dem Trunk, er ward Wilddieb und Schmuggler. Dieses Treiben erkältete ihn gegen seine Tochter, denn es entfremdete sie ihm: es brachte ihn in mehrmalige unangenehme Berührung mit dem Jäger und in genaue Bekanntschaft mit dem Krüger und dessen Sohn. Die Anstellung des Jägers verzögerte sich: der reiche Bauernbursch bot der verlassenen und verarmten Else eine gesicherte, ansehnliche Stellung. Die Freunde redeten zu, die Bekannten beneideten, der Vater trieb mit Schelten und Drohen: sie sahen nur auf den stattlichen Mann, den reichen Hof, die nährige

Krugwirthschaft, wie das im Stande der Landbewohner so gewöhnlich und am Ende auch natürlich ist. Die Liebe kam dabei, auch wie gewöhnlich, nicht in Betracht: das Mädchen gab nach und saß nun als Hausfrau des Georg im geräumigen Hause, im bedeutenden, täglich sich mehrenden Wohlstand.

Ihren Vater verlor sie bald: er wurde von einem Beamten beim Schmuggeln ertappt, da er nicht stehen und seine Waaren hingeben wollte, wie ein Waldthier angeschossen und gejagt, bis er, eben wie ein solches, auch im Walde verblutete. So roh und gleichgültig der Mann auch geworden, war er doch ihr letzter Halt, ihre letzte Stütze gewesen. Denn mit dem Fritz, der inzwischen die gewünschte Stelle erhalten, hatte der über sie und Georg ausgesprochene Priestersegen alles beendet. Sie war Eheweib und ein christliches, frommes und reines Herz, und auch der Förster dachte nicht daran, daß man eine fremde Ehe stören könne. Sie sahen und sprachen sich oft und ungehindert, ohne daß ihre Ruhe sonderlich gestört worden wäre. Die Vergangenheit war ja zu Ende, und die Liebe ist bei diesen Leuten, äußerlich wenigstens, selten ein allmächtiges, unüberwindliches Gefühl, und meistens, wie die Leute selbst, anscheinend fern von Ueberschwenglichkeit und Empfindsamkeit.

Sie war also einsam und ohne Stütze, denn in ihrer Häuslichkeit fand sie keinen Anhalt. Der Krüger war von Anfang an wenig mit der armen Schwiegertochter zufrieden gewesen, hatte sich gegen sie immer kalt und ablehnend bewiesen und des Sohnes Partei genommen. Georg war eine heftige, aufbrausende und ziemlich rohe Natur, in welcher Schärfe und Sarkasmus des Vaters' in Hohn und Bitterkeit übergegangen waren. Mit Leidenschaft hatte er sich dem Schleichhandel hingegeben, und durch die bei diesem Leben und Treiben unvermeidlichen und natürlichen Auftritte von ewiger, wechselvoller Aufregung und rauher Wildheit war er endlich dahin gekommen, sich nur in solcher Bewegung, bei solchem Treiben wohl und heiter zu fühlen, und war selbst immer heftiger und leidenschaftlicher, immer wilder und roher geworden. Wenn dann Zeiten eintraten, wo der Handel aus diesem oder jenem Grunde eine Zeitlang ruhen mußte, wenn ihn und seine Gesellen gar hin und wider einmal Unfälle betrafen, trieben ihn Unthätigkeit, Aerger und Ungeduld zu immer heftigeren und wilderen Ausbrüchen, und Schelten und Drohen, Zank und Streit füllten seine Tage. Und da er dieses Wesen gegen den strengen Vater nicht auslassen konnte und bei den Dienstleuten gewöhnlich keine Gelegenheit dazu fand, so übte er es entweder gegen einen seiner Gefährten oder gegen die Frau, welche letztere ihm in der That auch mehr als einen Anknüpfungspunkt und mehr als einen Grund zum Zürnen darbot.

In Betreff der Wirtschaft von der liebesblinden Mutter nur lässig erzogen, konnte Else sich nicht immer in den ganzen Kreis einer oft kleinlichen Thätigkeit hineinfinden, und fand sich um so weniger hinein, als sie nur mit Schelten und rauhem Tadel angetrieben, kaum jemals belehrt wurde. Sie fühlte selbst, daß sie Stoff genug zum Tadel dem bot, der allein das rein Praktische und den Augenblick und darin selbst das Kleinste peinlich beachtet, aber sie fühlte auch, daß selbst, was sie in bester Absicht und mit wirklicher Tüchtigkeit verrichtet hatte, mit derselben Härte, mit der gleichen Unbilligkeit gescholten wurde. Da regte sich denn Trotz und Härte in ihr, die sie sonst nie gekannt und die ihr in andern Verhältnissen vielleicht immer fremd geblieben wären; denn ihr Charakter war offen und weich gewesen, und durch die Liebe, Theilnahme und Sorgfalt eines tüchtigen freundlichen Mannes hätte er zu allem Guten und Schönen erstarken können. Von Liebe indessen und Theilnahme war zwischen den Gatten nie die Rede gewesen: jetzt war aber bei ihm auch das Wohlgefallen an ihrem Aeußern in der Gewohnheit des täglichen Umgangs, zu Grunde gegangen: er übte keine Schonung mehr und verfolgte sie jetzt auch noch mit den Ausbrüchen einer Eifersucht, die, wie er selbst recht gut wußte, gänzlich unbegründet war. Sie hatte seinen wilden, fast täglichen Ausbrüchen lange nur Thränen entgegengesetzt, dann war sie zu Kälte und Schweigen erstarrt; nun verlor sie auch noch den letzten Rest von Achtung und begann ihm offen zu trotzen.

Das ging nun alles durch den Kopf des einsamen Weibes. Sie sah die Höhe über sich – die war tief und dunkel wie ihr Leben, und die Lichtpunkte darin, so glänzend und so fern, waren wie die schönen Erinnerungen ihrer heitern Jugend. Aber wie die Steine dort oben, erblichen und ermatteten auch sie vor dem Raum und dem Düster der unermeßlichen Tiefe. Und ihre Gedanken waren schwer und trüb; sie kamen in dichten, drängenden Schaaren, sie bebten zurück vor der Zukunft, sie flohen die Gegenwart, sie zogen angstvoll immer weiter in die Vergangenheit, wo noch Licht und Wärme war,

Glück und Schuldlosigkeit; sie zogen, wie die Schwäne gen Süden ziehen, wenn der Winter droht. Sie hätte die Vergangenheit gern verschlossen gelassen, denn sie fand dort am Ende auch nicht mehr als ein Grab – das ihrer Jugend und ihrer Hoffnungen. Und daran knüpfte sich so viel, und daraus stieg so viel hervor, vor dem sie zurückbebte. Sie war ja ein Eheweib. So floh sie auch die Vergangenheit! sie kehrte zurück in die Gegenwart, und da fand sie nur ihr zerdrücktes, aussichts- und hoffnungsloses Leben, und in ihrer Brust regte sich ein neues Gefühl: das war der Haß.

Da schlüpfte es neben ihr durch den Wald, ein paar trockne Zweige knackten, die kalte Nase eines Hundes stieß an ihre zurückfahrende Hand und die Aufschreckende hörte neben sich die leisen Worte: »Bist du's, Else?« – »Ja, ja, Fritz, ich bin's,« versetzte sie gefaßt. »Du noch so spät im Wald?« – Der Förster trat aus dem Schatten der Stamme hervor und lehnte sich müde auf den Zaun. »Mich lassen die Wilddiebe nicht ruhen, die es toller als je treiben,« sagte er. »Ich meinte erst[3] Schüsse zu hören und war darnach aus. Nun kam ich hier herum und sah deine Gestalt. Trauerst du denn noch immer über das Kind? Du mußt bedenken, daß das arme Würmchen jetzt viel besser dran ist! beim lieben Gott gibt es kein Kranksein.« – »Nein, Fritz,« erwiderte sie und hob sich langsam aus ihrer ruhigen Stellung, »trauern thu' ich jetzo nicht und ich hab' es mit was anderem zu thun. Und über das Kind trauern? O ich danke ja Gott, ich danke ja Gott, daß er's zu sich nahm, bevor es so weit mit mir gekommen! Denn es war *sein* Kind, *sein* Kind, und ich hatte es dennoch lieb, und jetzt würd' ich es verfluchen müssen, wie alles, was von ihm kommt, was sein ist!«

Sie sprach leise, aber eisenhart und mit solcher Leidenschaft, daß es den lauschenden Mann mit tiefem Schrecken erfüllte. So hatte er sie nie gesehen, nie geahnt, wie sie da vor ihm saß, die Arme erhoben und die Hände krampfhaft zitternd, die Augen starr und wild blitzend gen Himmel gerichtet. Er wußte nicht, war es der Schimmer eines Sterns, der sich darin spiegelte, oder war's das Leuchten des Hasses, das drohend daraus hervorsprang. Aber es war auch nur ein Moment. Gleich darauf war sie zurückgesunken an den

---

3 Erst – hier wie öfters so viel wie vorhin.

Stamm, die Arme gekreuzt, den Kopf gesenkt und die langen dunkeln Wimpern schattig über die Augen gedeckt.

Der Förster schwieg eine geraume Zeit. »Ist's so?« fragte er endlich und seine Stimme zitterte vor Erregung und Entrüstung. »Quälen sie dich immerfort trotz all deiner lieben Güte? Peinigen sie dich bis in's Leben, daß ich nun solche Worte hören muß? Haben kann ich dich nicht, aber ich kann dich beschützen? wenn der Georg dich verläßt, ist kein Mann auf der Welt dir so nah wie ich; denn ich habe dich lieb, das weißt du. Was vertraust du mir nicht? Sprich ein Wort – soll ich mit ihm ernstlich reden? Ich scheue die Kreatur nicht, so wild und borstig sie auch thut. Oder ich schieße ihn nieder wie einen tollen Hund; denn ich weiß, wo er mir in's Gehege kommt, und nur um deinetwillen habe ich seither fünf gerade sein lassen und bin ihm aus dem Wege gegangen.«

Sie stand auf, trat langsam zum Zaun und legte ihre beiden Hände auf die seinen. »Hör', Fritz,« sprach sie ruhig und bestimmt, »das sollst du auch jetzt thun; du sollst ihm aus dem Wege gehen, wenn du mich lieb hast. Du kannst mir nicht helfen und darfst es nicht. Zwischen Eheleuten taugt kein Dritter. Sie müssen's eben mit einander ausmachen. Dahin werden wir auch noch kommen. Ich habe vorhin zu viel gesagt, der Augenblick riß mich fort, ich hatte so viel gedacht und mein Kopf war wild und schwach. Hassen will ich nicht und verzweifeln auch nicht. Und nun genug,« fuhr sie fort und zog sich zurück. »Nun geh'; ade, lieber Fritz. Es ist Zeit.« – Der Jäger sah sie lange und schweigend an, ihre Entschlossenheit berührte ihn unheimlich. »Else,« sagte er dann, »es ist nicht so wie es soll. Glaube mir, so geht das nicht weiter. Nur das Eine bedenke, daß dein Leben nicht dein's allein ist. Und nun gebe Gott dir Schlaf und Ruh'!« Er pfiff leise seinem Hund, und sich kurz abwendend ging er in den Wald.

Else stand und sah ihm nach, ihr Kopf fiel auf die Brust, ihre Hände falteten sich unwillkürlich. »Ja,« murmelte sie, »mein Leben ist nicht mein allein. Es ist ja auch meines Gottes und –« Sie vollendete nicht, sie hob die Hände und preßte sie gegen ihre Schläfe. »O,« murmelte sie wieder, »es thut nicht gut, nicht gut! Ich darf ihn so nicht wiedersehen« Dann richtete sie sich auf, strich das dunkle Haar tiefer unter den Strich der Mütze zurück und ging in's Haus und zur Ruhe. In der Kammer nebenan hörte sie, die Männer sprechen. Sie wachte noch, als Georg den Alten verließ und gleichfalls sein Lager suchte. –

Als Freidorf zeitig am andern Morgen erwachte und in die Küche trat, fand er alle Bewohner schon bei der täglichen Arbeit. Georg war mit den Leuten zum Mähen, der Alte selbst hatte sich auf die Füße gemacht, um nach einer Wiese zu sehen, die er im Forst von der Krone gepachtet hatte, Frau und Magd hatten im Hause mit den Zurüstungen zum Mittagessen zu thun. Else besorgte jetzt das Frühstück des jungen Mannes freundlich und rasch, ohne vieles Reden, und ging dann wieder an die Arbeit des Kartoffelschälens. Er saß in der Wirthsstube, aber die Thür nach der Küche stand auf und in dem durch ein hinteres Fenster erhellten Raum war die Gestalt und das Gesicht der am Herd sitzenden ihm ganz sichtbar. Mehr als einmal sah er aufmerksam und nachdenklich zu ihr hinüber, denn was er selbst bemerkt, was Frühauf ihm von ihr erzählt hatte, vereinigte sich nun mit dem, was er vor sich sah, zu einem ihn lebhaft interessirenden Ganzen.

Als er aufstehend und hinausgehend ein Gespräch über dies und das mit ihr anknüpfte, fühlte er sich noch mehr angezogen. Ihre raschen und sichern Bewegungen enthüllten eine einfache Anmuth, der stille Ernst des schönen mächtigen Auges sprach von reicher Erfahrung und vielem tiefem Nachdenken, wenn dies auch nicht aus manchen überraschend klaren und scharfen Aeußerungen, aus mancher fast geistvollen Wendung hervorgeleuchtet hätte. Und über alle dem lag eine ruhige sanfte Freundlichkeit, die dem jungen Mann wohlthuend in's Herz drang. Denn wie sehr auch Schweigsamkeit, Starrheit und Kälte sie verändert haben mochten, das ursprünglich Schöne und Anmuthige dieser reichen Natur war unverwüstlich und drang überall durch. Freidorf wußte und sah es, daß sie sich nicht glücklich fühlte, und mit wirklicher Theilnahme reichte er ihr zum Abschied die Hand. Denn selten empfindet ein junges und edles Herz die Schwäche und Unzulänglichkeit seiner menschlichen Natur, seiner Kräfte und Mittel so tief und so klar, als wenn es eines Andern Unglück erkannt und theilnehmend beklagt hat, wenn es mit voller Liebe und bestem Willen helfen möchte und doch nirgends weder die Mittel findet noch die Möglichkeit sieht, diese Hülfe zu bethätigen.

»Leben Sie wohl, meine liebe Frau,« sagte er. »Ob ich schon in der Nähe bleibe, möchte ich Sie doch lange nicht wieder sehen, und ich wünsche Ihnen daher für Ihr weiteres Leben alles mögliche Gute.« Sie stand vor ihm am Tisch, auf dem er die Zeche berichtigt, ungezwungen und ruhig. Auf seine herzlichen Worte schloß sie langsam und mit einem weichen Lächeln eine Sekunde lang ihre Augen, sie hob den Kopf ein wenig hintenüber und schüttelte ihn leicht, als ob sie die aus der Haube hervortretenden Haare zurückdrängen wollte, eine Bewegung, so schnell, so ungesucht, und doch voll einer milden Trauer und der einfachsten, unnachahmlichsten Anmuth. »Wie Gott will!« sprach sie dann. »Lebt wohl und gesund, Herr Assistent.«

Er ging in den Stall, sattelte sein Pferd und brach dann auf. Die Frauen waren mit ihm vor's Thor getreten und sahen ihm nach, wie er die Straße links entlang ritt. »Das ist ein schmucker Herr und ein gutes junges Blut,« sagte die hinter der Frau in der Thür stehende Magd. – »Ja,« versetzte Else und kehrte in's Haus zurück, »er ist zu gut für uns und unser Treiben hier, er schickt sich nicht hinein. Und der Herrgott gebe, daß er im Leben sich nicht hineinschicken lernt. Es wäre schade um ihn.« Sie schüttelte still vor sich den Kopf und setzte sich zur Arbeit; sie mochte vielleicht denken, was Gott die Menschen doch so gar verschieden geschaffen, und was das Geschick sie auch wieder auf so verschiedenen und anscheinend so wenig richtigen Wegen dahin führe.

Der Beamte ritt indessen seines Wegs, wandte sich um die Grenze des Gartens und verfolgte den Steig in's Holz, welchen er am vergangenen Abend mit dem Grenzjäger beschritten hatte. Auch er mochte ziemlich denselben Gedanken nachhängen wie die stille Frau im Kruge, und so gelangte er unmerklich weiter und weiter in den Wald, der sich allerwärts dicht und grün zur Höhe hob.

Wenn irgendwo, greift hier der Wald und die Poesie seiner Einsamkeit tief in das Leben und die Gedanken der Menschen hinein; denn das Land, wo sich unsere Erzählung entwickelt, prangt noch mit vielen und nicht unbedeutenden Wäldern, die man in den Ebenen Preußens oder über die Höhen des mittleren und südwestlichen Deutschlands hin vielleicht ausgedehnter, aber sicher nicht laubiger und dichter, nicht einsamer und schöner findet. Vor allen andern ist es der sogenannte Kronforst, den man auch jetzt noch als eine der schönsten deutschen Waldungen preisen kann. Damals erstreckte er sich, etwa sechs bis acht Stunden in der Länge und drei bis vier in der Breite haltend, ungelichtet und frisch längs des Flusses hin, der hier die Grenze bildet. Diese bedeutende Fläche war damals nur von wenigen Holzwegen und Fußsteigen, so wie von zwei oder drei sogenannten Alleen durchbrochen, das heißt von breiten, schnurgeraden Wegen, die man vor Zeiten einmal für die großen Jagden ausgehauen hatte. Vornean war dichter hoher Wald, weiter hinein jedoch fiel das Terrain ziemlich rasch und steil ab und verflachte sich zu weit ausgedehnten Brüchen, wo fester Boden, feuchte Strecken, große spiegelklare Seen und öde, gefährliche Sumpfflächen auf das bunteste abwechselten und durcheinander lagen. Noch weiter gegen den trüben, langsamen Fluß zu ging dies alles dann in einen nur mit Weiden, Erlen und sonstigem Gestrüpp bewachsenen pfadlosen Sumpf über.

Dieses Terrains nun hatte sich der Schleichhandel zu seinen Wegen bemächtigt: die Schmuggler allein waren im Allgemeinen mit den Pfaden bekannt, auf denen man Moor und Sumpf überschreiten konnte, und die genaue Kenntniß besaßen sogar nur wenige Führer, welche das Geheimniß auf's strengste und eifersüchtigste bewahrten. Hier hatten die Zollbeamten bisher nie vorzudringen vermocht, nicht einmal die Ausgänge der Wege waren von ihnen entdeckt worden, und das spurlose Verschwinden einiger der besten und kühnsten Leute mahnte die übrigen zur Vorsicht auf einem Boden, der selbst im strengen Winter nicht zu beschreiten, und wo nach einem einzigen Fehltritt oder Sprung selbst der Gewandte und Kaltblütige sich nicht immer mehr zu retten im Stande war.

Der Steig, auf welchem Freidorf in die Waldung ritt, war ursprünglich ein Fahrweg gewesen, den die Anwohner früher zur Herausschaffung ihres Holzes benützt hatten,; seit jedoch die neue Regierung eine andere und strengere Forstkultur in's Land gebracht, war er gelegt worden, wurde meistens nur noch von Fußgängern gebraucht, und die drei oder vier Jahre waren hinreichend gewesen, ihn vollkommen für jedes Fuhrwerk zu ruiniren. Die Gräben an den Seiten waren theilweise bereits eingesunken, die Büsche drängten sich schon lustig daraus hervor, sie schlugen auf aus denselben, sie sproßten aus den alten Geleisen, sie schossen aus dem

Wege selbst. Auch der Rasen zeigte sich schon; wo ein Schößling von hastigen Wanderern zerbrochen oder zertreten war, setzte sich bereits Moos um den kleinen Stumpf; Erd- und Heidelbeeren kamen bedächtig über den Graben herbeigekrochen und legten ihre Ranken und kleinen Zweige schon zierlich zurecht und grüßten den Epheu und das Geißblatt, die über die Büsche hereinnickten; kurz das alles kam zwar noch schwach und gleichsam mißtrauisch, aber doch auch wieder recht unverzagt und munter. Es waren die Vorposten des Waldes, der wieder einziehen wollte in sein altes, lang verlorenes Reich. Und der Wanderer schritt nicht mehr schnell hindurch und das Pferd selbst ging einen bedächtigen Schritt.

Ringsum lag es dicht und grün; da hob sich Baum an Baum, Eiche und Buche, Ahorn und Esche, der wilde Kirschbaum und die trotzige Sturmweide, die schlanke Fichte und die prächtige Tanne hin und wider mitten drunter, und dazwischen drängten sich die Stauden zur schwanken, schier undurchdringlichen Mauer. Hoch oben hatten sich die alten Bäume immer zusammengewölbt, weiter unten schlangen jetzt aber auch die Büsche ihre Zweige ineinander und deckten ihre Blätter zum luftigen, zierlichen Gewölbe zusammen. In der Höhe war alles Licht, an den hellern Stellen konnte man in niedrig stehenden Blättern die Aederchen unterscheiden und das ganze Gewebe, aber hier unten war es tief dämmerig und schattig; kaum vermochte sich hie und da ein einziger Sonnenstrahl durchzudrängen, und dann war er so fein und zitterte, als ob er sich fürchte in dieser Einsamkeit, fern von der Fülle des Glanzes und Schimmers, der er neugierig entschlüpft war. Droben murmelte und plauderte ein leiser Wind mit den Baumkronen, und dort riefen auch die Vögel und lärmten, die Amsel pfiff, die Häher schrien, die Spechte klopften, aber man sah sie nicht. Hier unten schlüpfte vielleicht eine kleine bunte Schlange vorüber, oder ein Frosch hüpfte über den Pfad, ein Käfer lief hurtig den Weg entlang, eine Schnecke kroch langsam durch das feuchte Moos; allein das alles ging lautlos dahin und das Ohr erlauschte keine Bewegung. Oder da – es raschelt und schwirrt flüchtig im Laub, im Busch, und nun ist es wieder still. War es ein Reh gewesen? oder ein Eichhorn? ein Vogel? – Wer konnte das wissen!

Es war so einsam und doch so bewegt, so einförmig und doch so reich. Das Träumen drängte sich von selbst in den Kopf des jungen Mannes, er ließ die Zügel schlaff hängen und sein Thier gehen wie es mochte. Er hörte die Töne rings, er betrachtete, was ihn umgab: es schien immer und überall dasselbe.

Allein der Weg war nicht mehr derselbe geblieben. Bis dahin, wo Freidorf gestern Abend vom Grenzjäger Abschied genommen, war es denn doch, immer noch ein Pfad, gangbar für Menschenfüße und die Hufe eines Pferdes. Ueber diese Stelle mußte er aber schon weit hinaus sein und vor ihm lag jetzt kein eigentlicher Weg mehr, sondern der Wald selbst, allerdings nicht mehr so dicht wie vorhin ihm zur Seite, jedoch mit Baum und Busch, mit Moos und dem üppigsten Rasen, mit Kräutern und Blumen bunt durcheinander ringsum. Es zog sich auch ein leidlich offener Raum hindurch, Rasen und Moos schienen hin und wider auch von Fußtritten abgenützt; kurz er war, ohne daß er's ahnte, auf einen von den Wegen gestoßen, welche die Schmuggler sich durch das Holz gesucht hatten. Hier ging es um eine Eiche herum, die stolz und prächtig ihm entgegentrat, dort zog sich ein tiefes, üppiges Bosket entlang, das er umreiten mußte, hier ging es durch einen schnell dahinfließenden Bach und ein paar darin liegende Steine machten die Passage gerade nicht leichter. Oder es erhob sich eine Gruppe so dicht gedrängter Stämme, daß er nicht hindurch konnte, oder er ritt durch Büsche hin, die das Pferd auseinander schieben mußte, deren Zweige ihm in's Gesicht streiften, oder der Huf seines wackern Thiers strauchelte über alte Wurzeln und Stammenden und verwickelte sich in die Schlingen, welche der Epheu ausbreitete.

Da rüttelte er sich empor aus seiner Träumerei: er zog die Zügel an und sah sich bedenklich um. Vom Wege, den er gekommen, war nichts zu sehen. Da war nichts zu thun, als geduldig weiter zu reiten; beim Umkehren konnte er sich noch weiter verirren, vorwärts hoffte er endlich doch auf einen Pfad, auf eine der Alleen stoßen zu müssen, von denen der Grenzjäger ihm bereits gesagt hatte. Er ritt also fort und nach einer Viertelstunde etwa mußte er durch eine dichte Masse von Gebüsch und Stämmen brechen: das Pferd ging durch einen Graben, und blauen Himmel und Sonnenlicht über sich, sah er sich wirklich in einer Allee, die links in nicht großer Entfernung auf einen freien Platz zulief, rechts aber sich gerade und eben fast eine Stunde weit hinzuziehen schien und im Hintergrunde anscheinend durch den Horizont begrenzt wurde. In der Ferne sah er einen Mann daher kommen, den er, da er ihm näher ritt, bald für einen Zollbeamten und dann als Frühauf erkannte.

Der Mann wunderte sich nicht wenig über Freidorfs Erscheinen auf einer Stelle, wo er keinen Pfad zu kennen erklärte. Er wunderte sich noch mehr, als er die Einzelheiten von des Assistenten Irrwegen vernahm, und wünschte ihm lachend Glück, daß er so schnell und gut davongekommen. Eben so gut, meinte er, hätte er auch bis zum Abend und noch länger im Walde umher reiten können. Dann fragte er nach Freidorfs Absicht bei diesem Ritt, und als er hörte, der Beamte wolle zuerst zum Posten und dann zum Wildpaß hinüber, zuckte er lächelnd die Achseln und erklärte, das Erstere sei schon möglich, da der sogenannte Posten nicht fern vom obern Ende der Allee liege; allein von dort könne man zum Paß nicht anders als auf Jägerwegen durch den obern Wald oder auf dem regulären Wege über jenes Dorf gelangen, dessen Krug der Assistent vor kurzem verlassen. Damit kamen sie in ein weitläufiges Gespräch über die Gegend und auch wieder über den Schleichhandel, und indem sie dabei bald anhielten, bald langsam dem Wege folgten, sagte Frühauf endlich: »Den Hauptschauplatz unserer vergeblichen Mühen kann ich Ihnen in der Nähe zeigen.« Er führte sofort den jungen Mann links in's Holz, über einen bald bruchig und feucht werdenden Boden, an einer Wiese vorbei, die der Jäger als die Engelswiese und als Pachtgut des alten Krügers bezeichnete, und indem sie endlich um einige Büsche bogen, lag unerwartet ein nicht unbedeutender See vor des erstaunten Freidorfs Augen.

Schilf und hohes Rohr und allerlei Wassergewächse säumten nur den nächsten Rand, links dagegen trat die Wiese zwischen Gebüschpartien nahe heran, rechts zogen sich die Ausläufer des Waldes mehr und mehr bis an die Ufer, bis in's Wasser hinein, und brachen die Einförmigkeit einer ebenen Umgebung auf's Reizendste; gegenüber war alles wieder hoher, dichter Wald. Das Wasser war wunderbar klar und still, die Sonnenstrahlen sanken tief hinein, einige Enten schossen beim Erblicken der Menschen von der offenen Flut in's Rohr, am Ufer sah man die junge Fischbrut sich in dichten Schaaren lustig umhertummeln, hier in der Sonne ruhen, dort neckisch durch Kraut und Strauchwerk schießen. Drüben konnte man die hohen Wipfel des jenseitigen Ufers sich ruhig in der glatten Fläche spiegeln sehen.

»Hier ist die Grenze unserer Nachforschungen,« sagte Frühauf endlich. »Jenseits der Wiese wissen wir durch Rusch und Busch des Waldes keinen Pfad zu finden, und auf dem See – man heißt ihn Glockensee, weil ein Kirchdorf darin versunken sein soll – geht's auch nicht weiter. So klar er aussieht, ist er doch voll Kraut und Geranke, im Frühjahr ist er bunt wie eine Wiese, da sehen Sie auch die weißen und gelben Mummeln, und da kann denn kein Mensch Ruder und Stange hindurch bringen.« – »Und wenn nichts hilft,« erwiderte Freidorf, »besetzt man denn nicht ein Dorf, wenn die Leute davon sind, und nimmt sie bei der Rückkehr in Empfang?« – »Ei ja« versetzte der Jäger, »man thut es schon, aber was nützt es? Sie sind hier zu Lande schon eingeschult, und dann,« fuhr er fort und drückte kopfschüttelnd leicht das eine Auge zu, »dann, Herr Assistent, wissen sie auch von uns mehr als wir von ihnen. Denn es gibt Verräther unter uns; ja, es ist eine Schande, aber leider Gottes wahr: es gibt Verräther.«

»Und das ist doch recht gut,« sagte plötzlich hinter ihnen die Stimme des alten Krügers, der sich ihnen unvermerkt genähert hatte und nun, da sie sich betroffen umwandten, sie lachend und ungezwungen begrüßte. Er knöpfte jetzt auch den letzten der zinnernen kugelförmigen Knöpfe an der dunkeln langen Jacke auf, nahm den niedrigen Hut ab und fuhr sich mit dem Aermel über die heiße, runzelvolle Stirn. »Ich kam da von der Wiese,« fuhr er dann fort, setzte den Hut wieder auf und lehnte sich bequem auf den langen Dornstock; »ich mußte dort doch einmal nach der Nachmahd sehen. Da seh' ich euch kommen, höre zuletzt auch eure Worte und muß noch einmal wiederholen: es ist doch gut so mit der Verrätherei und Spionerie.

»Ja,« fuhr er fort, ohne sich durch Freidorfs ärgerliches Kopfschütteln stören zu lassen, und schaute dabei dem Jäger in das betroffene und leicht geröthete Gesicht, »die Herren Beamten sind mit uns verschiedener Ansicht. Weßhalb sollen denn die armen Leute euch partout in die Hände laufen und ihr Brod verlieren? Sie zu retten und zu warnen ist Christenpflicht, das ist Eins. Dann habt ihr Verräther unter ihnen und sie unter euch; wie du mir, so ich dir: das ist das Andere. Und zuletzt bezahlen sie ihre Spione und Verräther, wie ich mir habe sagen lassen, ganz proper. Und da solltet ihr das liebe Geld wegwerfen? Ei behüte, ihr denkt wie jener: Hans, sei du der Klügste!« – »Ein braver, anständiger, ehrlicher Mann denkt gewiß nicht so!« rief Freidorf. – »Ach ja, Anstand und Ehrlichkeit!« erwiderte der Alte mit spöttischem Lächeln; »das sind recht gute Dinge, aber ein Stück Fleisch dazu schmeckt immer noch besser als das trockene Brod allein. Ich verdenk' es keinem. Bezahlt wird er gut und zu thun hat er nichts, als hie und da ein Wort fallen zu lassen. Allein,« sprach er abbrechend weiter, »wollen die Herren denn hier in der Sonne braten? Wohin des Wegs, Herr Assistent? Zum Recognosciren oder zum Paß?« Freidorf antwortete, der Alte bestätigte Frühaufs Angaben und jener beschloß daher notgedrungen zum Kruge zurückzukehren und von dort am Nachmittag weiter zu reiten.

So wendeten sie sich um und zogen auf einem andern, gebahnten Wege durch den Wald zurück. Vor der steigenden Sonne verstummten allmälig Wind und Vögel, und der junge Mann lauschte mit Vergnügen auf die Worte des Krügers, der bald von den prächtigen Jagden erzählte, die in seiner Jugendzeit hier abgehalten worden, bald berichtete, wie der allgemeine Feind auch diese Gegenden durchzogen und die Bewohner bedrückt habe, bis sie verzweifelnd sich gerächt. Von der Zeit würde der Wald, mancherlei zu erzählen wissen, wenn nur seine grünen Zungen richtig zu sprechen vermochten. Frühauf schritt, den Karabiner übergeworfen, schweigend neben her; der redselige Mann war seit dem plötzlichen Erscheinen des Alten ungewöhnlich still und einsilbig geworden und schien Gedanken nachzuhängen, die nicht die heitersten sein mochten.

Endlich, da sie mitten im Holz zu einer neuen Wiese gelangten, blieb er stehen, sah erst nach der Sonne, die jetzt fast über ihnen stand, dann kopfschüttelnd nach der Uhr und sagte: »Die Wege scheiden sich hier: welchen werdet Ihr einschlagen, Krüger?« – »Den nächsten durch die Wiese,« versetzte dieser. »So leben Sie wohl, Herr Assistent,« sprach Frühauf weiter und umfaßte mit einem hastigen scharfen Blick den ganzen vor ihm liegenden Raum; »ich habe noch dies und das zu besorgen und heut keinen Dienst beim Kruge.« Und indem er an die Mütze faßte und dem Alten zunickte, ging er mit raschen Schritten den Pfad längs des Holzes hinauf und war alsbald aus den Blicken der Nachschauenden. Der Alte säumte gleichfalls nicht und schritt dem Reiter voran auf dem Steig durch die Wiese hin.

»Heut keinen Dienst beim Kruge? Was heißt das?« fragte Freidorf. – »Ei,« erwiderte der Alte, »der Beamte, der bei uns stationirt war, ist gestorben und sein Dienst wird bis zur neuen Besetzung vom nächsten Posten aus versehen. Sie können ja ruhige Leute nicht in Frieden lassen.« – »Ihr liebt uns nicht,« bemerkte der Beamte lächelnd, »das sieht man. Und doch steht Ihr mit dem Frühauf anscheinend freundlich?« – »Weil er noch der Manierlichste ist,« versetzte der Alte; »er molestirt uns nicht mehr, als er muß. Seinen Kameraden genügt das oft nicht, und einige sind schlecht genug auf ihn zu sprechen.«

Der Weg zog sich jetzt näher an den Rand der Wiese, der durch hereintretende Büsche mannigfach gebrochen wurde; Freidorf's Pferd neigte den Kopf zum frischen hohen Grase, und indem so ein unwillkürlicher kurzer Halt entstand, glaubte der Reiter eine Stimme in der Nähe flüstern zu hören. Da hielt er wirklich an, lauschte und sah sich neugierig um, und indem seine Augen zufällig durch einen Zwischenraum des Gebüsches drangen, erblickte er plötzlich einige Männer. »Hollah!« rief er und trieb sein Pferd der Stelle zu, »wen haben wir da?« Aber da er durch die Büsche gekommen war, fand er sich durch einen tiefen und breiten Graben aufgehalten, den er mit seinem Thier weder durchreiten noch überspringen konnte.

Es waren sieben bis acht kräftige Männer, welche in gleichmüthigster Ruhe auf den am Boden liegenden Packen saßen, die Jacken abgeworfen, die Hüte gelüftet, die kurzen Pfeifen in vollem Dampf. »Wer seid ihr?« fragte Freidorf hastig. – »Packträger, wie der Herr sieht,« versetzte einer mit dem höchsten Gleichmuth. – »Was tragt ihr?« forschte jener weiter. – »Kolonialwaaren und fremde Zeuge,« entgegnete der andere Sprecher. – »Woher?« – »Von jenseits.« – »Wo habt ihr die Bescheinigung des Zollamts über die Versteuerung?« – »Bescheinigung? Versteuerung?« fragte der Träger unter dem rauhen Lachen der übrigen; »du lieber Gott, guter Herr, damit molestiren wir die Herren Beamten nicht, die haben so schon genug zu schreiben.« – »Ihr seid also Schmuggler?« rief Freidorf heftig. – »Nun ja, was denn sonst?« erwiderte der Träger lachend. »Und thut nur nicht so, als ob Ihr das jetzt erst merktet. Aber,« fuhr er fort, »der Herr ist verdammt neugierig. Was geht Euch unser Kram eigentlich an?« – »Das will ich euch sagen,« rief Freidorf und streckte die Hand nach dem Pistolenholster aus. »Ich bin Beamter und befehle euch, euch zu ergeben! Solch ein Treiben ist allzu frech!«

Die Leute verharrten noch immer in ihrer Ruhe, nur das Lachen verschwand blitzschnell aus den sich verfinsternden Mienen und dieser und jener langte nach dem derben Stock. Der bisherige Sprecher aber trat an den Graben vor, legte seine Arme über den Rücken und sprach ruhig: »Ihr sagt, ihr seid ein Beamter. Das kann Jeder sagen; Ihr tragt die Kleidung nicht und mögt uns was vorlügen. Aber Ihr könnt es immerhin sein, das ist egal. Laßt das Ding da im Holster stecken und reitet Eurer Wege. Uns könnt Ihr nichts thun; wir sind ruhige Leute von jenseits, die ihrem Geschäft nachgehen und einem Menschen nur unnod'[4] was zu Leide thun. Aber so müßt Ihr uns nicht kommen. Und nun adje und guten Weg!« Er wandte sich kurz um und nahm unbekümmert wieder Platz. Freidorf starrte den Sprecher schweigend an; die Wahrheit der Worte war zu einfach und offenbar, als daß er noch länger bei seinem ersten Vorsatz hätte verharren sollen. Er war weder feig noch nachlässig, allein er sah hier nichts vor sich als seinen eigenen sichern Tod, ohne daß dieser das Weiterschaffen der Waaren verhindern konnte. So wandte er denn nach einem harten Kampfe mit sich selbst sein Pferd und ritt, ohne zurückzusehen, in raschem Schritt auf den Fußsteig zurück, von wo aus der Krüger schweigend die beschriebene Scene mit angesehen hatte.

»Vorwärts, Alter!« sagte er zu diesem, »schnell in's Dorf, daß ich Mannschaft erhalte, hier muß ich die Schurken zwar gewähren lassen, aber in's Land sollen sie mir nimmermehr.« – Der Klüger lächelte. Er meinte, das werde man doch nicht verhindern können. Die Leute seien meistens im Felde, requiriren ließen sie sich zu solchem Geschäfte nur höchst ungern; darüber werde viele Zeit vergehen und bis dahin seien die Schmuggler lange wieder auf und davon. – Freidorf hörte diese Reden mißmuthig an. »Daß uns auch der Frühauf verlassen mußte!« murmelte er zürnend vor sich hin. – Der Alte schritt neben ihm auf dem jetzt breitern Pfade'; er sah flüchtig

---

[4] Niederdeutsches Wort, so viel als: sehr ungerne.

forschend zu dem Reiter empor und bemerkte dann: »Nun, das wäre ein Schuß und ein Todter mehr gewesen. Ihr seid vernünftig, Herr Assistent, daß Ihr ihnen nachgabt; die Jungen haben den Teufel im Leibe.« So plauderte er weiter, allein der Beamte fühlte sich zu sehr verstimmt, um sich in ein Gespräch einzulassen. Auch der Klüger schwieg endlich; sie gelangten auf den Weg, den der Reiter schon kennen gelernt hatte, und kamen dann aus den Büschen in's Freie, auf den Hof. Mittag war vorüber. Ein Pferd war an den Ring neben dem Thor gebunden und fraß aus einer vorgestellten Krippe; Decke und Holster so wie der am Sattel befestigte Karabiner zeigten, daß es einem Grenzbeamten gehöre.

»Das ist der Jeremias,« murmelte der Alte mit einem schweren Fluch und eilte in's Haus, wohin ihm Freidorf folgte. Georg mit den Leuten war schon lange wieder zum Mähen hinaus. Im Wirthszimmer, wohin er dem Krüger nacheilte, fand er in dem Grenzjäger wider sein Erwarten eine wohlgenährte Gestalt von mittlerer Größe. Der runde Kopf zeigte nur noch wenig Haare, die indessen mit möglichster Sorgfalt über die kahle Mitte glatt zusammengestrichen waren. Glatte Wangen und breite Lippen sprachen von üppiger Genußsucht. Er erhob sich jetzt, indem er Mund und Hände am Tischtuch abwischte, langsam und anscheinend ungern. Freidorf trat rasch auf ihn zu, und nachdem er Namen und Rang angegeben, zog er den sich tief Verbeugenden auf die Seite, theilte ihm eilig das Gesehene mit und forderte ihn auf, so schnell wie möglich mit ihm vereint die geeigneten Mittel in Anwendung zu bringen, um die Waaren und ihre Träger aufzufangen.

»Ei, ei!« rief der Jäger und sein schlaffes Gesicht belebte sich wunderbar. »Fremde, sagen Sie, verehrter Herr Assistent? Und bei der Pfaffenwiese? Hollah, da müssen wir hinterher! Sogleich, sogleich! Wir müssen zum Schulzen und Mannschaft requiriren; das soll eine Jagd werden! Entschuldigen Sie mich nur eine Sekunde,« fuhr er fort, trat zum Tisch zurück und ergriff Messer und Gabel. »Die schöne Frau Wirthin hat mir ein gar appetitliches Essen vorgesetzt.« Während er aß und auch Freidorf und der Alte sich zu den inzwischen herbeigebrachten Speisen setzten, ward nicht weiter geredet. Nur der Krüger sagte einmal mit spöttischem Lächeln zu dem hastig speisenden Jäger: »Schlingt doch nicht so, Mann, es könnte ja Euer Tod sein.« Die Antwort war nur ein behagliches

Lächeln. Nach kaum einer Viertelstunde war das Mahl zu Ende und die beiden Beamten brachen auf.

Da sie vom Hofe herunter ritten, hielt der Jäger sein Pferd an. »Wenn Sie es mir erlauben, verehrter Herr Assistent,« sagte er, »so möchte ich einen andern Plan vorschlagen. Wir thun besser, die Mannschaften nicht hier zu requiriren, obgleich ich's den Leuten gern zum Schabernack thäte und mich schon ordentlich auf die finstere lange Nase des Schulzen gefreut habe. Allein bis wir das widerspenstige Gesindel hier zusammentreiben und nachsetzen können, geht mehr Zeit verloren, als wenn wir nach dem nächsten Dorf reiten und von dort beginnen. Da ernten sie noch nicht, wie ich weiß.« – »Aber unterdeß können die Schufte ihre Waaren hieher bringen,« versetzte Freidorf ungeduldig. – »Das sollte ich nicht denken, verehrter Herr,« sprach Jeremias: »denn so arg das Schmuggeln hier auch sein mag, Fremde nahmen sie bisher nie auf, da sie viel zu geizig und eifersüchtig auf ihren eigenen Erwerb sind.« – »Nun gut denn, Sie müssen Land und Gelegenheit besser kennen. Vorwärts!«

Sie ritten rasch den Weg am Holze hinauf, fragten, wo sie Arbeitern auf dem Felde begegneten, und erhielten nur widerwillige, kalte und nichtssagende Antworten. Beim Forsthause forschten sie eben so vergeblich; der Förster war im Busch, ein paar Jägerburschen, die eben heimgekommen, wußten von nichts. So kamen sie zum nächsten Dorf, requirirten und erhielten mit Hülfe des dort stationirten Grenzjägers ziemlich schnell die gewünschten Leute und begannen das Holz abzustreifen. War aber auch der Schulze des Dorfes willig und freundlich gewesen, die Requirirten selbst waren desto mürrischer und langsamer, verrichteten den von ihnen verlangten Dienst auf's lässigste und die Beamten traf mancher böse Blick. Man streifte rechts und links in den Wald, man kam zur Pfaffenwiese, wo die Begegnung stattgefunden, man suchte bis zu den Brüchen und Seen und wieder hinauf fast bis an den Krug; allein sie fanden keinen Menschen, mit Ausnahme einiger Holzträger und Beerensammlerinnen, die wieder von nichts wissen wollten, und selbst Spuren waren nirgends zu sehen.

Als die Sonne niederging und sie sich mehr und mehr von der Nutzlosigkeit des weitern Suchens überzeugen mußten, beschloß

Freidorf zum Paß aufzubrechen und die fernere Wache dem andern Jäger und Jeremias zu überlassen, von dessen Eifer und Aufmerksamkeit er im Lauf des Nachmittags vielfache Beweise erhalten hatte. Es ward dunkel im Wald, von den Leuten hatten sich einige heimlich davon gemacht, die andern waren müde und selbst der Jäger erklärte alles für beendet. »Ich hab's gleich gedacht,« sagte er zum jungen Beamten in seiner devoten, langsam und geziert betonten Weise, »denn bis der Herr Assistent mich trafen, waren die Schufte sicher schon in der Heide, wo denn alles Nachsuchen umsonst sein dürfte. Diese unsere Hetze ist aber dennoch recht gut: sie hält unser hiesiges lässiges Gesindel in Respekt und Athem und zeigt ihnen, daß wir auf den Beinen sind.«

Er hoffte, daß aus dem heutigen vergeblichen Suchen Gutes entstehen würde: die Leute würden sicher gemacht und liefen ihnen nächstens desto gewisser in die Hände. Ein großer Schlag stehe bevor. Er sei am vergangenen Tage in der jenseitigen Grenzstadt gewesen, habe bei den Kaufleuten und Händlern Haufen von Trägern gefunden, Frachtwagen mit Waaren und auch einige Leute aus dieser Gegend, die als Schmuggler bekannt seien. Ihm sei die Sache jetzt ziemlich klar; die Schleichhändler haben in der letzten Zeit Unglück gehabt und daher sei es seither stiller als gewöhnlich gewesen; nun werden sie von neuem anfangen. »Die Jenseitigen müssen beginnen, weil sie weniger riskiren; da es gut gegangen, werden die Diesseitigen bald folgen, und er, Jeremias, werde nächstens Botschaft zum Paß senden und Hülfe verlangen. Man möge nur den Frühauf wegschaffen, der nicht sicher sei. Er machte den Assistenten auf das Benehmen des Jägers aufmerksam und regte dadurch im Kopf des jungen Mannes Gedanken an, die dieser am Morgen, wenn auch nur flüchtig, selbst gehegt hatte. Er dachte jetzt weiter über alles Geschehene nach und die Sache schien ihm immer weniger unwahrscheinlich. Wenn wir erst über einen Menschen schlecht zu denken anfangen, finden wir in jedem Wort und Zug, in jeder, selbst der unschuldigsten und gleichgültigsten Handlung, nur zu leicht eine Bestätigung unserer Ansicht.

»Aber, Herr Jeremias,« sagte Freidorf endlich, »wie wollen Sie bei alle dem die Zeit dieses Zuges erfahren?« – »Ach,« versetzte er mit einem sanften, selbstgefälligen Lächeln, »wir haben unsere Quellen, Herr Assistent, und eine neue, denk' ich, wird sich mir bald erschließen. Im Vertrauen darf ich es Ihnen wohl gestehen, daß ich schon länger der saubern Sohnsfrau des Alten im Kruge nachgehe; ich thäte dem Gesindel gern einen rechten Tort an, denn sie haben's um mich verdient. Die Frau will noch immer nicht recht anbeißen, aber ich habe ihr oft und viel von meiner Liebe vorgeredet, und heiße Liebe, heißt es, bricht harte Herzen. Dann wird auch ihr eheliches Verhältniß täglich schlechter, und da findet sich denn schon ein schwacher Augenblick, wo unser eins an die Reihe kommt. Sie macht's mir sauer, aber, Herr Assistent, das wird auch eine Freude werden, wenn es mir gelingt und ich das ganze Pack in einen Sack schieben kann.«

Freidorf nahm Abschied, ohne etwas zu erwidern; der Mann wurde ihm trotz all seines Eifers und seiner sonstigen Tüchtigkeit mehr und mehr zuwider. Und je mehr er an alles dachte, was er gehört und selbst gesehen hatte, desto unleidlicher ward ihm zu Muthe. Die Einsamkeit des langen Weges, die Stille des Abends waren seinen düstern Gedanken günstig, und tief verstimmt langte er spät auf dem Passe an.

Unterdeß entließ Jeremias endlich die immer aussätziger und ungeduldiger werdenden Leute und ritt selbst seinem Posten zu. Als er dabei den Krug passirte, fand er alles todtenstill und nirgends mehr ein Licht. So ritt er vorbei, ohne sich aufzuhalten und ohne sich träumen zu lassen, daß er hier einige Stunden früher gefunden hätte, was er so eifrig gesucht und von dem er erklärt hatte, daß es sicher nicht im Kruge getroffen werden könnte.

Die beiden Beamten waren am Nachmittag kaum den Blicken des nachschauenden Krügers entschwunden, als sich bereits ein Mann bei ihm einfand, in dem Freidorf sicher eines der verwegenen Gesichter erkannt hätte, denen er am Morgen einige Minuten gegenüber gestanden. Er erkundigte sich lachend, ob alles sicher sei, ging dann und kehrte mit den beladenen Gefährten, die inzwischen im Gebüsch gerastet hatten, durch das hintere, gegen den Wald führende Thor zurück. Die Waaren wurden alsbald auf die Seite und in sichern Versteck gebracht, die Männer ließen es sich am gut besetzten Tisch wohl sein, kehrten sich nicht viel an den Krüger, der schweigend und mürrisch dabei saß, lachten über das Begebniß des Morgens und daß die Beamten sich selbst so »sauber« angeführt hätten, kehrten dann nach einigen Stunden frei und ungenirt durch den Wald zurück und passirten ungehindert die Brücke, welche bei dem Posten über den Fluß führte.

Dieser Zug war der erste Versuch, einen neuen großartigen Plan in Ausführung zu bringen, den die Lieferanten im Nachbarlande mit ihren diesseitigen Abnehmern verabredet hatten. Da nämlich die Wege von der Grenze bis an die erste bedeutendere Stadt sowohl weit als beschwerlich waren und in den kurzen Sommernächten nicht zurückgelegt werden konnten, so daß dann oft ein empfindlicher Mangel an wohlfeilen Waaren zu entstehen pflegte, und da ein auf die bisherige Weise unternommener größerer Transport überaus kostbar und gefährlich wurde, so war der Schmuggel bisher noch immer mehr oder minder beschränkt geblieben. Denn eigentlich ward er nur auf Rechnung und Gefahr der einzelnen oder zu kleinen Gesellschaften vereinigten Träger fortgeführt, welche die empfangenen Waaren bald im Ganzen an Kaufleute und Händler absetzten, bald auch selbst davon im Kleinen an diesen oder jenen verkauften, wie es Umstände und Gelegenheit gerade passend erscheinen ließen. Nun hatten aber die Kaufleute, die den großen Nutzen eines solchen Handels recht gut erkannten, die Sache selbst in die Hand genommen, sie hatten Verträge abgeschlossen und die bisher beschäftigten, bereits geübten Leute als Träger geworben. Die Jenseitigen sollten die Waaren bis zum ersten Lagerplatz durch den Wald schaffen, von dort andere Träger sie bis zu einer sichern Stelle in der Heide führen, wo dann die Abnehmer selbst sie übernehmen und in den Handel bringen wollten. So ward die Gefahr der Entdeckung verringert, die Raststunden wurden bedeutend abgekürzt, ein viel größerer Transport ermöglicht und die kürzeste Sommernacht bedeckte mit ihren Schatten Anfang und Ende der Wege.

Es war den Unternehmern gelungen, auch den alten Krüger, der mit seinem Sohn bereits an der Spitze einer bedeutenden, weitverzweigten Verbindung stand, für ihren Plan zu gewinnen, obgleich er nur ungern und so spät wie möglich sich dazu entschloß. Denn er begriff sehr wohl, daß mit der Zahl der Wissenden und Theilnehmer auch die Unsicherheit zunehmen und der Verrath erleichtert werden mußte. Er hatte den jenseitigen Trägern, wie Jeremias ganz richtig angab, nie ihren Verdienst von diesem Handel gegönnt;

denn, war seine Ansicht, sie haben nicht die Nachtheile dieser Sperre und brauchen also auch nicht die Vortheile des Schmuggels. Er betrachtete außerdem die Krugwirthschaft nur als eine geringe Zugabe zu seinem übrigen Besitz und betrieb sie demgemäß eigentlich nur nebenbei und so zu sagen nach seinem Gefallen. Krämer, Hausirer, loses Gesindel, dessen es an der Grenze im Ueberfluß gibt, nahm er entweder gar nicht oder nur im höchsten Nothfall bei sich auf; bei ihm sollte es, wie er sagte, ordentlich und gesetzt zugehen, sein Haus sei kein Quartier für Räuber und Diebe. Das fürchtete er bei diesem neuen Geschäft ferner nicht streng genug durchführen zu können. Allein das alles wurde endlich in seinen Augen durch den eigennützigen Gedanken überwogen, daß er mit den Seinen dieser Gesellschaft gegenüber unterliegen könne und werde. So hatte er sich denn ergeben, seinen Antheil beim Geschäft übernommen, und er war ein Mann von altem Schlage, der bei seinem Wort bis in den Tod verharrte. Aber ruhig und zufrieden fühlte er sich nicht, und mit finsterer Stirn und schwerem Herzen hatte er den ersten Transport empfangen.

Am Abend, als Georg mit den Leuten vom Felde kam, nahm der Alte ihn bei Seite und theilte ihm Ankunft und Sicherung der Waaren mit. »Schon gut,« entgegnete mürrisch der wilde Gesell, »aber gefallen thut's mir nicht. Acht Päcke! Was soll der Bettel? Wir haben fünfzig Träger, und wenn's darauf ankommt, können wir vielleicht hundert stellen. Da können wir ewig und drei Tage warten, bis wir eine Ladung zusammen haben. Und so lange sollen wir das Zeug im Hause behalten? Das taugt nichts. Der Teufel könnte uns eine Nachsuchung auf den Hals schicken und dann sitzen wir in der Suppe.« Der Alte zuckte schweigend die Achseln, da der Sohn aussprach, was ihn selbst seit Mittag verdrießlich gemacht hatte. »Und dann,« fuhr Georg fort, »wie war es mit dem Assistenten? Der Bursche hat unsern Weg bei der hohlen Eiche gefunden? Und nachher seid ihr vielleicht den Leuten gar begegnet?«

Der Vater erzählte vom Morgen, meinte, Freidorf habe den Pfad schwerlich bemerkt und nichts davon erwähnt, und berichtete dann von der Begegnung an der Wiese. Georgs dünne, aber dunkle Brauen hatten sich während dessen immer düsterer zusammengezogen. »Es ist doch ein jämmerliches Gesindel die von jenseits!« sagte er in höhnendem, bitterem Ton. »Die schwatzen da lange herum; wir hätten dem Kerl eins auf den Kopf gegeben, und es wäre abgethan.

»Ja, ja, Vater,« fuhr Georg fort, »der Frühauf kam zu mir in höllischer Angst und Eile und meinte, die Bursche seien bereits im Wald und vermuthlich bei der Pfaffenwiese; daher habe er sich davon gemacht. Und das bringt mich darauf, daß es mit Frühauf nichts mehr ist. Der Schuft fragte wieder nach unsern Wegen; er müsse bei solchen Gelegenheiten doch einen Dritten davon entfernen können; so wisse er nicht, was zu verbergen und was gleichgültig sei. Und dennoch, wett' ich, kennt er schon die Wege und verräth uns bei nächster Gelegenheit aus purer Angst.«

»Hm!« sagte der Krüger trocken, »da werden wir ihn denn wohl auf den allerrichtigsten Weg bringen müssen. Aber das Schlimmste ist, daß wir bei unserer Rückkehr den Jeremias hier trafen.« – Mit einem Fluch fuhr Georg empor. »Der Hund!« rief er, »der infame Schleicher! Ich schlage ihn todt, wo ich ihn treffe! Und wo war die Else, die –.« – »In der Küche mit der Magd,« unterbrach ihn der Alte, »und ich habe sie wieder vor dem Gewürm gewarnt.« Und sofort erzählte er das Weitere. – »Dann dürfen wir auch einer Nachsuchung entgegensehen,« meinte der Sohn, »und ich gebe für unser ganzes Geheimniß keinen Pfennig mehr. Der Jeremias ist ein regulärer Bluthund, wo er auf eine Spur stößt, und er oder wir müssen dran.«

Dann gingen sie zu den Gästen zurück, die sich heut Abend viel zahlreicher als sonst eingefunden hatten. Von der Begegnung des Assistenten und der Schmuggler war auch ihnen dies und das zu Ohren gekommen; es wurde viel darüber gesprochen und gelacht. Einige unter ihnen mochten auch genauer wissen, was dieser Transport zu bedeuten hatte; die meisten jedoch hielten ihn für einen gewöhnlichen, gut ausgeführten Schmugglerstreich und wußten nicht, wo Leute und Waaren geblieben. Das war eine Folge der günstigen isolirten Lage des Krugs und zu gleicher Zeit auch der Ernte, welche die Leute nicht müßig umherlungern ließ.

Der folgende Tag war ein Sonntag, allein an's Kirchgehen dachte auf dem Krügerhofe niemand; denn in der Erntezeit gibt es immer so viel zu thun, daß die Leute den weiten Weg in's Kirchdorf gewöhnlich zweimal bedenken und ihn dann lieber unterlassen. Der

Morgen also gehörte der Arbeit und Nachmittags ging alles bis zum Abend seinem Vergnügen oder der Ruhe nach. Frühauf fand sich ein und hatte mit dem Krüger und Georg allerlei zu bereden; später kam auch der Förster und es stellten sich einige Leute aus dem Dorf ein, allein sie zogen sich zeitig zurück, da der nächste Tag wieder voll harter Arbeit war. Für den späten Abend hatte Georg sich einige Männer bestellt, um die gestern angelangten Waaren in die Heide zu bringen.

Nach dem Abendessen waren in der Küche wieder dieselben Personen vereinigt wie bei jener heftigen Scene im Anfang dieser Erzählung, und ziemlich auch eben so beschäftigt. Georg war, von Ungeduld gepeinigt, schon während des ganzen Tages in heftiger, wilder Stimmung gewesen; er setzte sein Schelten auf den Jeremias fort und auch Else bekam ihren gewöhnlichen Theil. Als aber die Magd die Küche verlassen hatte und er noch immer warten mußte, trieb ihn die Ungeduld und der sich an sich selbst steigernde Aerger zu immer heftigeren und roheren Ausbrüchen, und eine Flut von Schmähungen und sinnlosen Drohungen, von gerechten und ungerechten Beschuldigungen, von thörichten Eifersüchteleien strömten auf das Weib herab, das ihm wie gewöhnlich meistens mit Schweigen und nur selten mit einigen kalten herben Worten begegnete. Das schier wahnsinnige Benehmen und Treiben seines Sohnes fiel diesmal sogar dem Krüger auf. Mehr als einmal hatte er ihn vergeblich zu beruhigen und auf andere Dinge zu bringen versucht und endlich sagte er ärgerlich: »Hör' Georg, wenn du absolut närrisch sein willst, so sei das draußen bei den andern; da ist Zeit und Raum dazu und du hast auch Männer gegenüber, die dir zu antworten wissen. Aber hier mag ich deine Tollheit nicht immer mit anhören.« – »Ist's meine Schuld?« rief der Sohn und schüttelte die Faust gegen die ruhig spinnende Else. »Reizt mich das Weibsbild dort nicht ewig durch ihr schabernäckisches Schweigen, durch ihr kaltes, steifes Vornehmthun, durch ihren Ungehorsam? Was hat sie mit dem Jeremias gestern geredet, da sie doch weiß, ich will's nicht? Scheltet mit der, wenn Ihr Lust habt, aber nicht mit mir.«

»Bursch!« sprach der Alte drohend und seine Augenbrauen zogen sich zusammen, »mache mich nicht auch toll, denn du weißt, dagegen bist du ein Wurm. Du mich berathen und belehren? Du? Und ich sage dir, du sollst nicht so sinnlos toben gegen dein Weib!

Sie hat Fehler – ja, ich hab's nie geleugnet, das weißt du; aber jetzt
hat sie nichts gethan, das weiß ich, und du mußt es auch wissen.
Und wenn der Jeremias kommt und dies und das fragt und verlangt, so muß sie antworten.« – »Das soll sie nicht, die Thür soll sie
dem Hunde weisen!« schrie der Sohn und schlug mit der Faust auf
den Tisch; aber dann besann und faßte er sich gewaltsam; denn er
wußte, daß mit dem Alten nicht zu scherzen sei. »Ja,« sagte er dann
mit Hohn und schoß auf Elsen einen giftigen Blick, »ich will das
nicht und habe einen Grund für Euch, Vater, und für mich. Wer
steht uns denn dafür, daß das Weib dort, die sich um uns nicht so
viel kümmert und die doch alles weiß, was uns und unsern Handel
betrifft, wer steht uns dafür, daß sie nicht einmal dem Jeremias
davon erzählt? Das wäre so ein Stücklein Verrath! Dabei gibt's keine
Arbeit, das –«

Else ließ plötzlich den Fuß ruhen, legte die Arme in den Schooß
und lehnte sich langsam an den Stuhl zurück; die hektische Röthe
ihrer magern Wangen war fast gänzlich verschwunden, die schma-
len blassen Lippen zeigten sich fest gepreßt und aus dem krankhaft
großen dunkeln Auge brach ein Blitz von solchem Haß und solcher
Verachtung auf den höhnisch lächelnden Mann, daß dieses Schweigen und dieser Blick im Nu das Lächeln von seinem Gesicht jagte
und ihn erbleichen ließ. Im nächsten Augenblick sprang er auf sie
zu und das Spinnrad flog vor seinem Fuß bei Seite. »Weib,« schrie
er, »noch ein solcher Blick und dir wird, was du lange verdient!« –
Aber ihr Blick blieb immer derselbe und sie regte sich nicht. »Du
willst mich schlagen,« sprach sie starr und langsam; »nun, Mann, es
wäre der erste und letzte Schlag für mich. Schüttle deine Faust nicht
so drohend, ich fürchte dich nicht! Schlag zu, und im nächsten Augenblick sitzt mir das Messer im Herzen!« Sie streckte die Hand aus
und nahm ein Messer vom Herde. »Schlag' zu, herzloser Wicht!« –
Er holte aus mit der Faust, sie fiel, aber auf den Arm des dazwischen springenden Alten. Dann fühlte er sich durch die Faust des
Vaters ergriffen und zurückgedrängt. »Soll ich durch dich hirnver-
rückten Racker Mord und Todtschlag im Hause haben?« sprach der
Krüger mit tiefer, vor Zorn bebender Stimme. »Noch einmal solch
ein Spektakel und – du kennst mich! Da –« unterbrach er sich dann,
da eben draußen der Hund anschlug – »da sind die Bursche! Aufge-
laden, Georg, und fort mit euch!«

Der Sohn machte sich schweigend hinaus, der Alte folgte, Else saß todtenstill und starr. Sie saß noch so, als die Männer schon abgezogen waren und der Krüger wieder hereintrat. Er sah sie scharf und bedenklich an, ohne daß sie es merkte. Er hatte ein beruhigendes, versöhnendes, herzliches Wort auf der Zunge; aber er nahm die Lampe und ging schweigend in seine Kammer. Hätte er das Wort gesprochen! Es wäre dann vielleicht die letzte schwache Scheidewand nicht gefallen und die Rache wäre nicht eingezogen in Elsens Herz.

Als auch der Alte fort war und alles rings um sie still, schien sie zu erwachen. Sie setzte das Spinnrad bei Seite, sie schob die Stühle an ihre Plätze, sie stand lange und hielt die schmächtige kleine Hand fest an die Stirn gedrückt; aber der Kopf war noch immer keines Gedankens fähig. Mechanisch ging sie in den Garten und setzte sich auf ihren Platz.

Da traf sie Jeremias, der umherschlich, den Krug zu beobachten. Der würdige Mann kam zwar zu spät, um den Weitertransport der Waaren zu erspähen, allein er traf Elsen und einen von den schwachen Augenblicken, von denen er gleichsam prophetisch zu Freidorf gesprochen hatte. Er nahte sich ihr sanft und schmeichlerisch, aber er wurde bald durch ihre furchtbare todtenartige Starrheit und Kälte zurückgeschreckt. Wir lesen in der Geschichte der Hexenprozesse und in andern dahin einschlagenden Schriften von der seltsamen Erscheinung, wo aus dem todtenartigen Körper einer Angeschuldigten oder Kranken hervor der böse Geist sich in nur ihm eigenthümlichen, vom Wesen der Besessenen gänzlich verschiedenen Reden und Wendungen erging. Aehnliches schien auch hier vorzugehen. Elsens Körper und Geist verharrten noch in tiefer, schier bewußtloser Betäubung, drinnen aber lebte und wogte ein böser Geist, die Rache. Die sprach aus ihr mit rauhen, harten und dennoch leisen Tönen, die enthüllte in fliegenden, klanglosen Worten alles, was sie über Weg und Steg, über Verbindungen und Plane der Schleichhändler und zumal ihres Gatten wußte. Sie sprach, ohne zu wissen was, sie redete, ohne recht zu erkennen, wer der Hörer sei; die Rache spürte nur, daß die Worte dahin gelangten, wo man sie gebrauchen könnte und würde.

Jeremias fühlte sich durch ihr seltsames, ihm durchaus unverständliches Wesen allerdings mit einem gewissen Schrecken erfüllt und hielt sich daher in respektvoller Entfernung. Aber wenn er auch ihren Kopf für etwas gestört zu halten begann, die Enthüllungen und Angaben, welche er von ihr empfing, erschienen ihm so lichtvoll und interessant, daß er es für Sünde hielt, solch einen seltenen Augenblick zu verlieren, und einer allerdings höchst unbehaglichen Empfindung wegen vielleicht für immer in seiner bisherigen Unwissenheit verbleiben zu müssen. Er lauschte daher mit der tiefsten Aufmerksamkeit und ohne sie zu unterbrechen. Als sie jedoch schwieg und er einige Minuten vergeblich auf die Fortsetzung ihres Berichts gewartet hatte, hielt er es für passend sich zurückzuziehen und machte sich mit einigen flüchtig dankenden Worten schnell und leise, und mit diesem unverhofften glücklichen Nachtwerk höchlich zufrieden, in den Wald und davon.

Else bemerkte Jeremias' Entfernung kaum; sie war noch immer ohne ein wirkliches Gefühl ihres Zustandes, der Umgebung und Gegenwart. Die dämmerten erst wieder in ihr empor, als eine andere Stimme ihr Ohr berührte und sie Fritzens leise Worte zu hören glaubte: »Else, kannst du es sein?« – Da fuhr sie empor. Sie strich sich mit den Händen über Augen und Stirn und die Besinnung begann zu ihr zurückzukehren, sie fing an zu wissen, was ihr begegnet war und was sie gethan. Der Förster trat aus dem Schatten der Bäume. »Else,« sagte er, »was hast du mit dem Jeremias zu thun?« – »War's der?« fragte sie tonlos; sie stand starr und sah ihn mit ausdruckslosen Blicken an. Der Mond war eben aufgegangen und ein heller Strahl fiel durch eine Oeffnung im Laube auf ihr leichenblasses Gesicht. Fritz fuhr entsetzt zurück. »Else, um Gotteswillen, was hast du?« – »Ich weiß nicht.« – »Else, Else, was ist geschehen? was ist los?« – »Nichts: es ist eben alles zu Ende.« – »Else, du bist krank!« – »Nein.« Sie sprach noch immer mit hartem rauhem Ton und ihre Gestalt, ihre Züge, ihre Augen blieben ohne Bewegung. – »Else, was hast du mit dem Jeremias zu thun?« – »Geh, Fritz.« – »Else, liebste Else, ich möchte dich gern immer gut, immer die alte ehrliche Else bleiben sehen!« – »Fritz!« – sie richtete sich auf und ihr Auge schleuderte einen Blitz auf den traurigen, bewegten Mann – »wirst du auch toll? Zweifelst du auch an mir?« – »Nein,« sagte er nach einer Pause und schüttelte schwermüthig den Kopf,

»ich kann es nicht! ich habe dich viel zu lieb. Und wenn alles wider dich spräche und die ganze Welt dich verdammte – du bist gut. Du thust nur was du mußt, was du nicht anders kannst. Und nun,« fuhr er fort und wandte sich rasch gegen den Wald, »gute Nacht. Geh' schlafen, du bist krank.«

Sie stand und sah ihm nach. Sie fragte sich, ob sie ihm alles sagen wolle, und ihre Antwort war ein heftiges Kopfschütteln. Er war auch schon fern und nichts mehr zu hören. Der Spalt, den sein Ton und Wort bis in den Kern ihres Herzens aufgerissen hatte, schloß sich wieder: sie dachte nur noch an das, was ihr geschehen und wie sie sich gerächt habe. Sie saß und saß, sie dachte und dachte: von Reue wußte sie nichts, und auch nicht von Sünde: denn wo ein Leben durch einen solchen ewigen moralischen Todeskampf endlich zu Grunde gerichtet, wo die Rache und das Verbrechen gewissermaßen hineingezwungen wird, da entschwindet auch der Gedanke an die Sünde und die Möglichkeit der Reue, und es bleibt nichts übrig als die furchtbare Ueberzeugung: das mußte so sein.

Als der Morgen und mit ihm Georg von seinem Zuge zurückkam, fand er sie in der gewöhnlichen Beschäftigung des Tags, Knechte und Mägde geweckt, das Frühstück bereit. Sie erschien ihm wenig anders als sonst und immer, aber dennoch, war ein Etwas in ihrem Wesen und Blick, das selbst ihn nicht nur von einer Erörterung des am vorigen Abend Geschehenen, sondern einstweilen auch von dem gleichgültigsten Gespräch zurückschreckte. Jetzt im Bewußtsein eines gelungenen und trotz der Bemühungen der Zollbeamten vollkommen glücklich vollbrachten Zuges ziemlich ermüdet und besänftigt, mochte er vielleicht das Unbillige seines Benehmens begreifen, allein nicht um die Welt hätte er dies zugegeben, nicht um die Welt hätte er Versöhnung oder gar Vergebung gesucht; und als er mit dem Vater ein ernstes Gespräch gehabt, in welchem dieser ihm sein Unrecht und seinen Unverstand vorhielt und ihm dringend Aenderung und Besserung anempfahl, machte er sich mürrisch und schweigend an's Frühstück und dann auf's Feld. Der Krüger war gegen Elsen herzlicher, als er je gewesen. »Nimm's dir nicht so zu Herzen,« sagte er, da er ihre Todeskälte und Starrheit bemerkte; »es muß und wird besser werden.« Sie schüttelte leise den Kopf und fuhr in ihrer Arbeit schweigend fort.

Und es ward auch nicht besser. Da sie sich allmälig faßte und nach einigen Tagen mehr und mehr in ihr altes gewöhnliches Wesen und Aussehen zurücktrat, kehrte auch Georg auf die kaum Verlassenen Bahnen zurück und der Alte kümmerte sich wieder weniger darum. Es geschah in der nächsten Zeit auch manches, was seine Augen von dem Innern seines Hauses abzog. Denn sei es, daß Jeremias durch die empfangenen Andeutungen geleitet wurde, oder daß er noch andere Nachrichten von anderer Seite erhalten hatte, in der folgenden Zeit gelang es ihm und den übrigen, kürzlich um einige Mann vermehrten Grenzjägern, mehr als einen Transport entweder aufzufangen oder zu zersprengen. Zwar waren die Sendungen nur gering und die Träger entkamen den nachsetzenden Beamten jedesmal glücklich in den Busch, allein diese plötzlich hereinbrechenden, ungewöhnlichen und häufigen Unfälle und einige eben so plötzliche Haussuchungen, so wie die Einziehung verschiedener Leute erregten in den Grenzdörfern eine überaus böse und gehässige Stimmung und ein wachsendes Mißtrauen. Dazu kam, daß Frühauf endlich gegen den Krüger und Georg bestimmt erklärte, er sei offenbar verdächtig, werde heimlich, aber scharf beobachtet und müsse allen Verkehr mit ihnen abbrechen. Zugleich warnte er sie stets von neuem vor Jeremias.

All dieses Unheil beschäftigte den Krüger, wie gesagt, dermaßen, daß er wenig an Haus und Familie dachte, und Georg brachte es so aus aller Haltung, daß er überall anband und Streit suchte, und zumal gegen Frau und Dienstleute seiner Aufregung freien Lauf ließ. Else hatte den Jeremias nicht wieder gesehen und dem Förster wich sie aus. Sie isolirte sich so viel wie möglich mit ihren Gedanken und Gefühlen, und Georg gegenüber suchte sie sich eine noch stillere Ruhe, ein noch tieferes Schweigen zu bewahren. Doch zuweilen ward es ihr unmöglich. »Georg,« sagte sie einmal bitter während einer heftigen Scene zu ihm, »mag Gott dir verzeihen, ich thu's nimmermehr. Wenn ich schlecht geworden bin, so ward ich's durch dich, durch deine teuflische Weise. Wenn die ganze Welt uns so sehen könnte, die ganze Welt müßte mich freisprechen, und hätt' ich auch gegen dich eine Todsünde begangen.« – »Ja, ja,« versetzte er höhnend, »du bist ein prachtvoll Stück von einem Weibe, und jetzt möchte man sich grämen, daß nicht auch die Weiber Pastoren werden dürfen, so herzbrechend schwatzest du.« – Und als der Alte nachher zu ihm sprach: »Du bist ein regulärer Thor. Bedenkst du denn nicht, daß alles einmal zu Ende geht und daß ein Mensch, der immer hündisch behandelt wird, zuletzt auch ein Hund wird und beißen thut?« da erwiderte er giftig lachend: »Ei, was kann sie mir thun? Die Kröte hat ja keine Zähne.« – Der Alte zuckte die Achseln. »Die menschliche Natur ist verschieden,« bemerkte er. »Ich hätte dir an des Weibes Stelle längst einmal ein Messer in den Leib gejagt oder wäre damals, nach deinem nichtswürdigen Vorwurf, zum Controleur gegangen und hätte dich angezeigt.«

Der Alte mußte nicht, wie nah er der Wahrheit kam. Diese letzten Tage hatten aus Elsens Herzen und Kopf jeden Zweifel über ihr damaliges Thun, auch die letzte Möglichkeit der Reue verbannt. Damals war sie sinnlos gewesen, jetzt aber war sie bei klarstem Bewußtsein und sagte sich entschlossen und ruhig: und wenn ich's nochmals thun müßte, ich thät' es nochmals. Dahin war dieses freundliche und edle, schöne und reine Geschöpf durch Kälte und Ungerechtigkeit, durch Rohheit und Härte, durch all den Jammer und die Hülflosigkeit ihrer elenden, vereinsamten, unerträglichen Lage gehetzt worden.

So verging die Zeit. Vierzehn Tage etwa nach jenem, an dem unsere Erzählung begonnen, sagte Georg Abends zum Alten: »Wir sind nun mit der Winterkornernte fertig und müssen endlich einmal ernsthaft mit dem Jeremias und den andern in's Geschirr. Bei den kleinen Transporten kommt nichts als Dummheit heraus. Wir müssen einmal alle mit einander daran; dann kümmern wir uns nicht um die paar Zolljapper und bringen das Ding mit einemmal in Gang und Richtigkeit. Was meint Ihr zum Sonnabend, übermorgen? Morgens über die Grenze, Nachmittags im Moor, am Abend mit dem ganzen Gepäck in die Heide.« – »Es mag gehen,« versetzte der Krüger: »aber besser ist besser, und das Beste, daß wir den Beamten gar nicht begegnen. Daher müssen wir vor Tag aufbrechen und nachher mögen einige Bursche von jenseits oben am kleinen Elsbruch einen Scheinversuch machen. Davon müßte der Jeremias erfahren.«

Am selben Abend noch brachen zwei Boten nach –t und nach der Grenzstadt des Nachbarlandes auf, um sowohl Lieferanten als Abnehmer von diesen Planen zu unterrichten. Allein der Knecht vom Krügerhofe, welcher über die Grenze sollte, war einige Tage zuvor von Georg in einem seiner Anfälle von Heftigkeit gröblich geschmäht und geschlagen worden. Georg dachte nicht mehr daran, der Bursch aber suchte auf der Station den Jeremias auf und gab ihm gegen eine gute Belohnung den Brief, welcher mit Leichtigkeit entsiegelt, gelesen, sauber wieder verschlossen und dann weiter gebracht wurde. Am folgenden Morgen ward das Hauptzollamt auf dem Wildpaß von allem unterrichtet; es ward heimlich Militär in der Stadt requirirt, und am Morgen des nächsten Tages marschirte eine halbe Kompagnie, von Zolljägern unter einem Obercontroleur geführt, durch die Waldung, dem von Jeremias angegebenen Rendezvous zu.

Am Sonnabend, bevor die Sonne aufging, brachen die Schmuggler, die sich während der letzten Nachtstunden beim Kruge versammelt hatten, vierzig bis fünfzig Mann stark auf und zogen, geführt von Georg und begleitet vom Krüger, in den Wald. Einige waren mit Flinten und Munition versehen, die meisten jedoch trugen nur ihre Stöcke und alle waren guter Dinge. Es begegnete ihnen nichts Auffälliges, von den Beamten war nichts zu sehen, und in verhältnismäßig kurzer Zeit gelangten sie zu den Brüchen, die sie an einer Stelle betraten, wo die suchenden Grenzjäger bisher nur den unergründlichen Sumpf gefunden hatten. Trotz aller Stille des Waldes war indessen ihr Marsch beobachtet worden und Jeremias lag am Ufer des Glockensee's verborgen, von wo er wenigstens ihre ungefähre Anzahl und die Stelle ihres Verschwindens bemerken konnte.

Nach einiger Zeit ward er vorsichtig abgelöst, berichtete das Geschehene an den herbeikommenden Controleur und ward dann mit Frühauf nach der öfters erwähnten Allee beordert, die zum Sammelplatz erkoren war. Hier lagerte er sich höchst gemächlich im Schatten und begann dann eifrig dem mitgebrachten Frühstück zuzusprechen. Frühauf hatte die verschiedenen Anordnungen des obern Beamten schweigend und augenscheinlich höchst betroffen vernommen. »Um alles in der Welt, Kamerad,« sagte er jetzt, »was gibt es doch? Alles dies sieht wie ein besonderer Plan aus.« – »Ei zum Teufel, Kamerad,« erwiderte der andere mit vieler Ruhe und in voller Beschäftigung mit seinem Frühstück, »Sie wissen ja doch von dem Schlag, den wir vorhaben.« – »Ich? Nichts weiß ich!« rief der Jäger heftig, während sein Gesicht sich röthete. »Und es ist mehr als kurios, daß alle davon zu wissen scheinen und nur ich nicht, daß ich also der Dummbart sein muß.« – »Ei nun, Kamerad, das ist allerdings wunderlich,« versetzte Jeremias achselzuckend und in gleichmüthigem Ton; »allein was hadern Sie mit mir? Ich kann doch den Controleur nicht gegen seinen Willen bewegen, Ihnen dieselben Mittheilungen zu machen wie uns. Sie wissen also nichts von der vorgestrigen Nachricht? Nicht daß man Truppen requirirt hat?« – »Und wozu das?« fragte Frühauf und saß wie aus den Wolken gefallen. – »Ei, Sie wissen ja – doch ich vergaß ,– Sie wissen es nicht. Nun, die ganze Bande vom Kruge und so weiter ist in den Bruch hinein und heut Abend werden wir, so es Gott gefällt, das Gesindel endlich einmal im Sack haben.« – »Heut?« fragte Frühauf wieder und fügte dann in ungläubigem Tone hinzu: »und dort durch die Engelswiese in den Bruch? Aber da führt ja kein Weg.« – Ein schiefer, höhnisch lächelnder Blick fiel aus Jeremias' lichtbraunen Augen auf den Jäger. Dann kam die Antwort: »Und doch, mein verehrter

Kamerad, hab' ich sie mit meinen eigenen Augen dort eintreten sehen.« – Frühauf sprang auf. »Ei zum Teufel, Kamerad,« rief er mit gut gespieltem Enthusiasmus, »Sie sind doch ein Glückskind! So haben Sie ja den Pfad entdeckt. Lassen Sie uns nacheilen. Ich wette, wir haben jetzt diesseits freies Feld zum Nachspüren und können einen prachtvollen Hinterhalt legen.« Damit wollte er forteilen.

»Ne, ne, sachte Kamerad, sachte!« versetzte Jeremias, während er ihn mit der Hand am Kleide faßte und mit der andern die letzte Schnitte Butterbrod zum Munde führte. »Das könnte uns den Fang verscheuchen, und überdies befiehlt hier ja der Controleur.« – »Hm, ja,« sagte Frühauf, wieder beruhigt, »aber den Eingang des Weges könnten wir doch sondiren.« – Weder überflog ihn derselbe schiefe und lächelnde Blick; dann zuckte Jeremias die Achseln und sagte: »Das kann zu nichts führen. Ich habe den Eingang selbst untersucht, aber – es muß mit dem Teufel zugehen! – nach dem ersten Schritt ist ringsum nichts mehr als Moor oder blankes Wasser. Also lassen Sie uns warten; so haben wir sie gewiß.« – »Aber wenn sie Wind kriegen und uns durch einen andern Ausgang ganz in die Wicken gehen?« fragte Frühauf wieder. – »Bah, woher sollten sie Wind kriegen? Und es gibt außerdem auch nur noch einen Ausgang, den wir gleichfalls besetzen.« – »Sie sind scharf hinterher gewesen, Kamerad.« – »Wie auch Sie.« – »Ja, mit dem Unterschied jedoch, daß Sie etwas entdeckt haben und ich nichts,« sagte Frühauf seufzend und fuhr dann gleichsam offenherzig fort: »Ich habe mich sogar an das Gesindel gemacht, gehorcht und freundlich gethan, aber – nichts da!« – »Das ist ein gefährlich Stück Arbeit,« erwiderte der andere trocken und steckte den letzten Bissen in den Mund; »im besten Fall wird man nur an der Nase herumgeführt.« – »Ja wohl, hole sie alle der Teufel!« gab Frühauf zur Antwort. Sie schwiegen beide, bis nach einer Pause Jeremias sein Messer zuklappte und in die Tasche steckte. »So,« sagte er dann mit einem tiefen Seufzer und strich sich mit den Händen die Seiten hinunter, »nun habe ich vortrefflich gefrühstückt, und nun wünscht' ich, daß die Soldaten baldigst kommen möchten.«

Inzwischen hatten sie noch lange zu warten und erst gegen Mittag trafen die Truppen und Grenzjäger ein. In der Begleitung des Obercontroleurs kam auch Freidorf.

Der junge Mann hatte während der vergangenen Tage Gelegenheit genug gefunden, auch in der nächsten Umgegend des Passes die tiefe Entsittlichung zu bemerken, welche fast alle Klassen durchdrang. Das Bild, welches der Krüger damals in allerdings all zu grellen Zügen vom Leben und Treiben in den Grenzbezirken entworfen hatte, schien sich vor seinen Augen fast noch düsterer zu färben. Er sah Ackerbau und Gewerbe darnieder liegen und die Familien zu Grunde gehen, ohne daß auf Generationen hinaus eine Besserung abzusehen gewesen wäre. Auf manchen Stellen wurde sogar durch Kinder ein kleiner Schmuggel getrieben, da diese entweder leichter den Beamten entgehen und unbemerkt und unbeargwohnt durchschlüpfen konnten, oder im Betretungsfall doch mit einer unbedeutenden Strafe davonzukommen pflegten. Dazu kam dann ein ausgebreitetes Angeber- oder Verrätherwesen, Bestechung und Spionerie, kurz Verworfenheit auf allen Ecken und Enden, und alles dies vereinigte sich, dem jungen Mann seinen Dienst immer verhaßter und unerträglicher zu machen. Das erste, was er nun hier erfuhr, war, daß Jeremias ihm und dem Obercontroleur in seiner respektvollen Weise und dennoch mit aller Prahlerei und allem Jubel seines Charakters den Verrath Elsens mittheilte, ohne dabei ihres Zustandes zu erwähnen, den er selbst freilich niemals begriffen hatte. Dann wurden die Truppen und Grenzbeamten rings an sichern und verborgenen Plätzen aufgestellt und Jeremias selbst in ein Gebüsch beordert, welches dem Ausgange des Schmugglerpfades gerade gegenüber lag, und von wo sich alles, was dort vorging, leicht und schnell bemerken ließ. So wie er etwas erspähte, wollte er mit einem dem Bussard nachgeahmten Schrei das Signal geben.

Bald darauf erhielt man die Nachricht, daß sich eine Partei Jenseitiger bei der sogenannten obern Furt gesammelt habe und anscheinend durchbrechen wolle; da man jedoch von Zweck und Absicht auch dieses Scheinversuchs unterrichtet war, kümmerte man sich nicht weiter darum, sondern fuhr eifrig in den nothwendigen Vorbereitungen für den Abend fort. Man beschloß, nur die Leute durch einige Grenzjäger beobachten zu lassen; die Männer wurden abgeschickt, und dann lag die ganze Gegend in solcher Einsamkeit und Stille, als sei sie wie sonst nur dem alleinigen Wirken und Bewegen der Natur überlassen. Bis gegen fünf Uhr Nachmittags war der Tag sonnig und übermäßig warm; dann aber kam ein schweres Gewitter über den Wald daher, und wenn auch die graugelben drohenden Massen, die Blitz auf Blitz entsendeten und betäubende Donnerschläge folgen ließen, rasch genug unter heftigen Regenschauern vorüberzogen, so kühlte sich die Luft doch einigermaßen ab und der Himmel blieb mit einer stillen grauen Decke dicht überkleidet.

Mitten im tiefen Walde war ein kleiner freier Platz, bedeckt mit kurzem moosartigem Rasen. Links zog sich der feste Boden, nur schwach mit hochstämmigen Bäumen bestanden, aber geschmückt mit den reichsten Gebüschpartien und wundervoll üppigen Schlingpflanzen, noch eine Strecke lang bis jenseits des Baches hin, der hier zwischen ziemlich hohen Ufern langsam dem untern See zufließt. Rechts dagegen brach der sichere Grund alsbald scharf ab und wohl eine Viertelstunde weit konnte man zwischen den weit zerstreuten, inselartig sich erhebenden Boskets über eine gefährliche, unpassirbare Fläche hinaus sehen. Da wechselte das falbe Grün des überwachsenen bodenlosen Sumpfs nur mit dem häßlichen, schillernden Braun des stehenden Wassers ab; Binsen und wenig Schilf faßten hier und dort den Rand ein, weiterhin hatten allerlei Wasserpflanzen ihre großen saftigen Blätter ausgebreitet und die weiße Seelilie hob überall ihre melancholischen duftreichen Blumen. Noch weiter, hinter dieser Fläche, ließen sich geschlossenes Gebüsch und hohe Bäume sehen, die sich auf einem festen Landrücken bis an den Glockensee erstreckten. Vorn und hinten schloß sich Sumpf und Bruch an einander und ein Ausgang war nirgends sichtbar. Das war die Stelle im sogenannten großen Königsbruch, welche sich die Schmuggler bei ihren Gängen zum Ruheplatz erkoren hatten.

Dort finden wir denn auch am Nachmittag die Männer, welche Morgens vom Kruge aufgebrochen waren. Die schweren Päcke und die schmutzigen, bis oben nassen, hohen Stiefel, so wie die triefenden Hüte und Jacken zeigten zur Genüge, daß sie einen zwar erfolgreichen, aber auch beschwerlichen Marsch gemacht hatten und unterwegs der ganzen Gewalt des Unwetters ausgesetzt gewesen waren. Meist ruhten sie in tiefer Ermüdung auf trockenen Stellen unter den Büschen! der Krüger aber hatte auf einem vom Sturme umgeworfenen Stamm Platz genommen und Georg stand vor ihm und erzählte vom Gange des Geschäfts drüben dies und das. Der

Alte war nur bis zum Grenzfluß mitgegangen und hatte dort der andern gewartet.

»So ist denn alles gut, abgelaufen,« sagte Georg endlich, »und unsere Ladung ist eines Freudensprunges werth. Aber Ihr seid still, Vater?« – »Ja,« entgegnete dieser ziemlich finster, ohne sein Haupt vom untergestützten Arm zu erheben, »ich denke noch immer an die beiden verdammten Fußspuren droben am Eingang. Einem von unsern Leuten gehören sie nicht, das ist einmal gewiß! aber wem denn?« – »Bah,« erwiderte Georg, »einer von den Jenseitigen wird wie ein steifer Gaul zu täppisch gewesen sein, wie ich heute Morgen schon sagte.« Der Alte schüttelte den Kopf. Ihm gefiel das Ding keineswegs, und er ärgerte sich, daß er nicht noch einmal hinaufgegangen war und sich umgesehen hatte. Georg ging des Wartens wegen mißmuthig auf und ab, die andern Leute unterhielten sich ziemlich leise oder schwiegen, einige schliefen auch.

»Horch!« sagte der Alte plötzlich leise, aber für alle rings vernehmbar, und hob lauschend den Kopf. Das leiseste Gespräch verstummte augenblicklich, sogar die Schläfer fuhren empor, denn in der Gefahr ist der Schlaf nur wie ein leichter Schleier über die Sinne gebreitet. Man horte ein flüchtiges Knacken, wie von einem brechenden dürren Zweig, dann ein plätscherndes Geräusch. »Eine Sau, die durch den Sumpf geht,« flüsterte Georg und trat hinter ein Gebüsch, wo man weiter hinaussehen konnte. »Nein!« murmelte der Alte. Da knackte es wieder und Georg sprang leicht zurück. »Beim Satan!« murrte er grimmig, »es ist Frühauf! Ich sah ihn beim alten Kreuzdorn.« – »Dann hilft es nicht,« sagte der Krüger kaltblütig und stand auf: eine starre Entschlossenheit lag auf der düstern Stirn. »Dieser Platz muß, verborgen bleiben,« fuhr er fort; »zurück, ihr Jungen! Hierher Georg, in den Busch, fix, fix! Wenn er dir den Rücken bietet, hau zu und zittere nicht!« Kaum gegeben waren seine Befehle auch schon ausgeführt, die Männer aufgesprungen und mit ihren Packen verborgen, Georg im Gesträuch. Alles war unhörbar, im Nu geschehen und im nächsten Augenblick trat Frühauf, rasch, aber vorsichtig von Bülte[5] zu Bülte schreitend, auf den

---

[5] So nennt man die einzelnen festen Grasbüschel, die auf Schollen oder Erdklößen in Morästen oder in Brüchen und sumpfigen Wiesen zu stehen pflegen.

Platz und dem Alten entgegen, wodurch er sogleich dem lauernden Georg den Rücken zudrehte.

Er sah sich rasch und mißtrauisch um. »Ihr allein hier, Krüger?« sagte er. – »Ei, bei Gott, Frühauf!« sprach der Alte, und drängte ihn näher tretend unmerklich noch weiter gegen das Gebüsch. »Woher kommt Ihr denn? Wie habt Ihr nur den Weg gefunden?« – Hätte der Jäger, wie er es beabsichtigte, jetzt augenblicklich seine Nachricht abgegeben, so wäre alle Vorsicht der Steuerbeamten und des Jeremias Freude vergebens gewesen, und auch sein eigenes Loos möchte sich anders gestaltet haben. Allein auf die Frage des Alten regte sich seine Eitelkeit und ein gewisses Gefühl des Triumphs, und mit leisem, selbstgefälligem Lachen sagte er: »Ja, ja, wer da sucht, der findet, und ich habe auch gefunden trotz Eures Heimlichthuns, Alter.«

In diesem Augenblick empfand er einen schmetternden Schlag auf den Hinterkopf und sank taumelnd zu Boden; dann fühlte er sich erhoben und in's Wasser gestürzt. Die Gewalt des Schlags war durch seine Mütze etwas gebrochen; das kalte Wasser belebte ihn wieder, und sich an einem Rohrbüschel haltend, vermochte er einen Augenblick lang den Kopf zu erheben. Und so, von Blut und Wasser triefend und das todtenbleiche Gesicht zu wildem Haß verzerrt, rief er den jetzt herbeieilenden Männern zu: »Nun, Canaillen – so – seid – ver – flucht! – verfl–« Da gab das Rohr nach, die angstvoll umhergreifenden Hände trafen nur lose Binsen, murmelnd und gurgelnd sank er in den Morast. Das Wasser schloß sich über ihm, die kleinen Blasen und Kreise verschwanden und alles war wieder still und ruhig. Nur ein paar Krähen, die hoch oben vorüberflogen, stießen ihr heiseres Geschrei aus.

»Na,« sagte Georg mit höhnischem Lachen und deutete auf die noch auf derselben Stelle schwimmende Mütze des Unglücklichen, »die mag da als Wahrzeichen herumtreiben, und wenn sie jemals ein anderer Zöllner sieht, kann er sich dran erbauen. Und nun zur Ruhe, Kameraden, wir haben noch eine Stunde zu warten.«

Die Stunde verging, und obgleich die Sonne noch am Himmel stehen mochte, war doch vor den dichten Wolken nichts von ihr zu sehen. Im Busch begann es bereits zu dunkeln und die Männer, brachen unter Georgs Führung auf.

Es war ein krauser, gefährlicher Weg, wo eine falsche Wendung, ein unsicherer Tritt in den Sumpf führen und eine lange Verzögerung bewirken konnte. Hier ging es knapp um ein wildes, wirres Gestrüpp und die Männer mußten in die Zweige greifen, um vorbei zu kommen; dort mußte man durch den Busch selbst, über die bemooste knorrige Wurzel, die rings hundert junge Sprößlinge ausschlagen ließ; da führte der Weg wieder wie ein schmaler scharfer Rücken hin, auf dem die Schreitenden balanciren mußten, oder es ging über einen Baumstamm, der als Brücke über einen sumpfigen Platz geworfen war. Dann gelangte man vielleicht auf eine kleine feste Fläche und mußte nach wenig Schritten wieder eine Strecke von Bülte zu Bülte springen, und dazwischen stand das Wasser schwarz und still; oder der Boden sah so fest und sicher aus, und dennoch zitterte und schwankte er unter dem flüchtigen Fuß, und das Wasser quoll rings empor und stand in den Spuren. Hier gerade vorwärts, dort im Zickzack, bald rechts, bald links, oder gar zurück; so ging es fort.

Der Weg war schlimm und es gehörte ein sicherer Blick, ein fester und doch leichter und schneller Tritt, unsägliche Aufmerksamkeit und große Erfahrung dazu, ihn ungehindert zurückzulegen. Allein das alles fand sich in Georg vereint, und eine kleine halbe Stunde nach ihrem Aufbruch bog er den letzten Busch auseinander und schritt gegen die Wiese vor.

In dem Augenblick ließ sich das Geschrei des Bussard hell und durchdringend vernehmen; der Schmuggler aber achtete nicht anders darauf, als daß er die Augen unwillkürlich zum Himmel erhob, um den Vogel zu erblicken. Dann ging er leicht über die hier ziemlich scharf zulaufende Wiese bis an den Rand des Holzes vor und blieb stehen, um zu lauschen, und seine Gefährten zu erwarten, die ihm in bald längern, bald kürzer Zwischenräumen folgten. Allein es war ringsum still, bis sich plötzlich in nicht allzuweiter Entfernung das Wiehern eines Pferdes hören ließ. »Hollah!« sagte der Schmuggler mit gedämpfter Stimme und seine nächsten Genossen sahen sein Gesicht in rachgieriger Freude sich verziehen, »da reitet der Jeremias die Allee entlang und somit kann's heute ein fetter Tag werden.« Dabei nahm er die Flinte, die er um den Hals gehängt, herunter und sah nach dem Pulver auf der Pfanne. Mittlerweile waren die meisten Träger schon herangekommen, die übrigen waren nahe und selbst der Krüger, welcher zu hinterst gegangen, wollte bereits auf die Wiese treten, als er plötzlich heranschleichende Uniformen erblickte, rasch besonnen durch den Busch zurück sprang und mit aller Gewalt seiner Stimme rief: »Zurück, Jungen, zurück!« Allein, da sie auf den furchtbaren Ruf herumfuhren, war es bereits zu spät und die Bajonette sperrten den Rückzug.

Einige Sekunden standen sie wie gelähmt; dann ward Georgs Stimme laut, und: »in den Busch! fort!« tönte sein mächtiges Geschrei. Aber auch dort traten ihnen die Truppen entgegen; sie kamen vom See über die Wiese daher. Die Schmuggler waren eingeschlossen. Der Obercontroleur trat einige Schritte vor. »Ergebt euch, Leute,« sagte er mit ernster, ruhiger Stimme; »ihr seid umzingelt und Widerstand kann zu nichts führen. Macht euer Loos nicht schlimmer als es ist, und zwingt mich nicht zur Gewalt.«

Die Schmuggler standen in dichtgedrängtem Haufen, Georg in der vordersten Reihe, schweigend und unentschlossen. Da aber tönte Jeremias' laute höhnende Stimme: »Ei, ei, verehrter Herr Georg, ist die Courage alle geworden? Haben wir Euch endlich einmal in der Patsche? Wollt Ihr immer noch ehrliche Beamte bestechen?« – Und als habe eine Schlange ihn gebissen, fuhr der Schmuggler empor und schrie: »Herab mit den Päcken, Kameraden! die Flinten zur Hand und die Stöcke! Auf sie, auf sie! Wenn der Lügner zehn Leben hätte, die müßt' ich haben!« Dann sprang er vor, zielte flüchtig und drückte ab, stieß ein Hurrah aus, da er den Jäger stürzen sah, und warf sich, gefolgt von den andern, mit geschwungener Flinte auf den vor ihm stehenden Haufen. Allein die Kugeln schlugen von allen Seiten in die dichte Masse der Angreifenden, und da sie an ihre Feinde herankamen, starrten ihnen die Bajonette entgegen und brachen die Gewalt ihres Stoßes. Das Handgemenge, das nun begann, war wild und blutig, aber lange vermochten die meist unbewaffneten Schleichhändler nicht Widerstand zu leisten. Georg sah das Unnütze eines ferneren Kampfes alsbald ein, und mit dem Ruf: »Mir nach! in den Busch!« schwang er sein Gewehr mit herkulischer Kraft, schlug und stieß, gelangte glücklich hindurch und drang in die Büsche. Ein ihm nachgesendeter Schuß traf nicht, und Grimm im Herzen stürzte er der Allee zu.

Freidorf war mitten im Gedränge gewesen und in der Nähe Georgs. Als er seinen letzten Ruf hörte und ihn durchbrechen sah, schoß ihm der Gedanke durch den Kopf: wenn der so nach Hause gelangt und gar von Elsens Verrath erfährt, gibt es ein Unglück. Durch alles, was er über sie erfahren, durch das, was er in den kurzen Stunden ihres Zusammenseins von ihr gesehen und gehört hatte, war die Frau ihm lieb geworden. Ihr Verrath ließ ihn in diesem Gefühl kaum einen Augenblick wanken. Er fühlte sich überzeugt, daß die Veranlassung zu dieser unseligen That nur eine ungewöhnliche, eine furchtbare gewesen sein konnte. Er säumte nicht langer, drängte sich durch den ermattenden Kampf und eilte dem Fliehenden nach.

Der Himmel war noch immer dicht mit Wolken bedeckt und nur am äußersten Rande des westlichen Horizonts war ein kleiner Streifen von ihnen befreit. In diese Oeffnung trat eben die Scheibe der untergehenden Sonne funkelnd hinein und erfüllte die gerade darauf zulaufende Allee mit einer um so gewaltigeren und allmächtigeren Flut von strahlendem Licht, da es durch die dichten Laubwände und die einfarbig dunkle Höhe auf das wunderbarste zusammengepreßt wurde. Georg, wie er in diesen Raum sprang, fuhr betäubt und geblendet zurück, schlug die Hände vor's Gesicht und hielt einen Augenblick in seiner Flucht an. Er hörte den Werdaruf und das gebietende Halt des hier aufgestellten Postens, er hörte den Schuß knallen und fühlte sich in der Seite verwundet, er sprang wie rasend, ohne sehen zu können, vorwärts über den Graben, durch die Büsche und floh, noch immer halb geblendet, weiter und weiter.

Auch Freidorf war durch die plötzliche Lichtflut aufgehalten, allein die Sonne war bereits wieder zwischen Gewölk getreten und die Pracht und Gewalt ihres Strahles schon halb erloschen. Der junge Mann verständigte den Posten durch ein rasches Wort und eilte weiter. Nach wenigen Schritten im Holz stieß er auf den Förster, welcher noch verwundert dem Schmuggler nachsah, der ohne Aufenthalt bei ihm vorübergestürzt war. Fritz hatte am Morgen die Anzeige von dem empfangen, was im Revier vorbereitet wurde; da man aber seine Mitwirkung nicht beansprucht hatte, war er ruhig seinen Geschäften nachgegangen und hatte sich weder um die Schüsse, noch um den weithin schallenden Lärm des Kampfes bekümmert. So war ihm Georg begegnet und jetzt wandte er sich dem

Verfolger zu. Freidorf trat rasch zu ihm heran und legte die Hand auf seine Schulter.

»Förster,« sagte er athemlos, »lieben Sie die Else noch immer treu und innig?« – Die schlanke Gestalt, hob sich kräftig empor und die dunkeln Augen blitzten ihm stolz entgegen. »Gehört das auch mit zu Ihrem Amt, Herr Assistent? Ist's auch Contrebande? Das wüßt' ich nicht.« – »Mann, seid kein Thor! Red' ich umsonst? Es hängt Leben und Sterben an der Zögerung. Liebt Ihr sie noch?« – »Und wenn es so wäre?« fragte der erstaunende Förster. – »Wißt Ihr, daß sie, Else, den, der dort läuft, an Jeremias verrathen?« – »Allbarmherziger Gott!« schrie der Förster auf und sprang auf die Spur Georgs: »vorwärts, Herr, vorwärts! Mir nach! Ich weiß den nächsten Weg!« Es ward kein Wort mehr gesprochen. Sie flogen durch den Wald; aber der Flüchtling war ihnen längst aus den Augen. –

Else hatte den Tag in Einsamkeit verbracht, Knechte und Mägde und die Tagelöhner, die während der Ernte auf dem Hofe beschäftigt wurden, waren wie gewöhnlich auf dem Felde: sie selbst war mit ihren Geschäften bald fertig und dann quälten sie bittere Gedanken. Sie ahnete, es werde heut mit ihrem bisherigen Leben zum Schluß kommen. Sie wußte, was im Gange war, und sie wußte auch, daß Jeremias nach den Andeutungen, die er von ihr empfangen, kaum diese Gelegenheit versäumen werde, den Schleichhandel für lange Zeit zu unterdrücken. Gegen Georg war ihr Haß so tief und bitter wie je, und ihm galt das Schlagen ihres Herzens nicht: allein wie sie damals in ihrer Sinnlosigkeit überhaupt nicht gedacht, so hatte sie auch noch weniger erwogen, daß sie mit ihren Angaben nicht allein ihren Tyrannen, sondern auch alle seine Genossen verrieth und in's Verderben stürzte. Das quälte sie nun, das trieb sie endlich gegen Abend aus dem öden Hause hinein in den Wald.

Gedanken- und qualvoll fortschreitend war sie zur Pfaffenwiese gelangt, als sie die ersten dumpfen Schüsse vernahm: die Kniee zitterten ihr, erbebend setzte sie sich am Rand des Grabens auf das erhöhte Ufer, legte den Kopf in den Schooß und dachte und lauschte. Jetzt ward es still: es regte sich kein Laub. Sie saß lautlos in ihren Qualen und in ihrer – Reue. Jetzt hätte sie selbst Georg vergeben, alles was er ihr je gethan, wie er sie gepeinigt und in den Staub getreten Jahre lang. Jetzt fühlte sie ihre Schuld schwer und tief, und ein ganzes Menschenleben schien ihr nicht lang genug, sie zu büßen.

Da Vernahm sie einen eiligen, unstäten Schritt, ein lautes Keuchen: sie blickte empor und gleich darauf sah sie Georg aus dem Gebüsch stürzen, voll Blut und Schmutz, die Kleidung zerrissen, ohne Hut, und nach einigen weitern Schritten hatte er sie erblickt, fuhr zurück und dann auf sie zu. Sie hatte er gesucht, nach ihr hatte es ihn verlangt, denn vom ersten Blick auf die Truppen, das Gefecht hindurch und den Pfad der Flucht entlang, hatte sein Kopf nur den einen Gedanken: sie und nur sie hat uns verrathen!

Er stürzte auf sie zu, er faßte sie an, er riß sie empor; die Augen blitzten in wahnsinniger Wuth, die blonden Haare hingen wild und naß darüber, die trockenen Lippen liehen dem Gedanken heisere Worte und er zischte: »Weib, satanisches Weib, du hast uns verrathen!« – Da, wie sie ihn so vor sich sah, entschwand all ihre Reue, da gedachte sie wieder des Elends, das sein einzig Geschenk an sie gewesen, und der alte Haß hob sich fester und finsterer als je. Sie sah ihm fest in die blutunterlaufenen Augen und zuckte nicht, sie bebte nicht vor seinen Worten und nicht vor seiner Kraft, obgleich der Schmerz am zerdrückten Arm sie erbleichen ließ. »Nein,« sagte sie, durch die zusammengepreßten Zähne sprechend, »nein, *euch* hab' ich nicht verrathen, aber dich, hörst du, dich! Das ist meine Rache für fünf Jahre des Drucks und des Elends und des hündischen Lebens!« – »Und dem Jeremias zu Liebe!« Er lachte schneidend auf. Ein Lächeln der Verachtung flog über ihr blasses Gesicht. – »Der oder der,« sagte sie; »ich brauchte ja einen Hund, um ihn auf dich zu Hetzen.« – »Und dem Fritz zu Liebe!« Er lachte wieder und seine Hand senkte sich in die Hosentasche, wo das Messer verborgen war. »Ja, der hat wohl gar geholfen?« – »O,« sprach sie frei und laut, »siehst du, für den könnt' ich leben, für den könnt' ich sterben, für den könnt' ich alles thun, wie er alles thun würde für mich. Aber hier sollt' er mir nicht helfen. Das hat Gott nicht gewollt. Der ist rein geblieben in diesem Schmutz, und dafür dank' ich Gott bis an meinen Tod.« – »Dann ist es schnell damit aus,« sagte er. Seine Hand hob das Messer und stieß es ihr so gerade und sicher in die Brust, daß sie lautlos zusammenbrach. »So geh zur Hölle!« murmelte er, »und sei verflucht von mir und jedem Muttersohn im Lande!«

Dann ließ er ihren Körper fallen, nahm einen Anlauf und sprang mit seiner letzten Kraft über den Graben. In demselben Moment erschienen Freidorf und der Förster auf der andern Seite der Wiese. Sie sahen zwar nicht mehr den Schmuggler, aber die Büsche bewegten sich noch, wo er durchgebrochen, und in größter Eile stürmten sie ihm nach. Der Förster bemerkte den leblosen Körper des jungen Weibes zuerst, prallte zurück, und Menschliches hatte der Schrei nicht mehr an sich, mit dem er daneben, niederstürzte. Seine Untersuchung war trotzdem schnell und sicher. Dann legte er den Körper in Freidorfs Arme und murmelte: »Hebt mir den auf: der andere ist auch mein und könnte mir weglaufen.« Er sprang auf, über den Graben, und war fort.

Freidorf fand jede Hülfe überflüssig: der Stoß war in's innerste Leben gedrungen, auf den Lippen zitterte ein leichter blutiger Schaum und die Augen waren bereits gebrochen. Er ließ sie daher sanft auf den Rasen zurückgleiten und saß daneben, und er und der Wald waren beide still.

So traf ihn nach einiger Zeit ein hier vorüber und zum Kruge ziehender Theil der Truppen. Der Kampf hatte bald nach Georgs und Freidorfs Entfernung mit der gänzlichen Niederlage der Schmuggler sein Ende erreicht. Einige von ihnen entkamen in den Busch, einige waren todt oder verwundet, die meisten fielen nur leicht verletzt in die Hände ihrer Feinde und erlitten später ihre Strafe. Von den Truppen und Zollbeamten war keiner zu Tode gekommen als Frühauf, dessen Schicksal man erst später erfuhr. Verwundete waren jedoch viele da, und der schwerste darunter war Jeremias, den nur sein dickes Taschenbuch, das er auf der Brust unter der Uniform trug, gegen den Tod schützte, indem es die durchdringende Kugel entkräftete. Das vernahm Freidorf von dem Obercontroleur, wahrend man mit Elsens Leiche zum Kruge ging.

Man fand den alten Krüger dort, anscheinend nur in Sorge über das lange Ausbleiben seines Sohnes und seiner Schwiegertochter. – Nach seiner Angabe war Georg am Morgen auf's Feld gegangen, Else hatte gleich nach dem Gewitter im Holze Beeren pflücken wollen. – Als man ihm nun ihre Leiche in's Haus trug, war sein Entsetzen so groß und sein Schmerz so starr und stumm, daß ihn selbst Freidorf zu trösten suchte. Allein das war vergeblich; lautlos und ohne Bewegung saß er an ihrer Seite bis zum Morgen des nächsten Tages, die Arme schlaff vor sich im Schooß, die Augen starr auf sie gerichtet, Er wußte es jetzt nur zu gut, daß an diesem Ende auch er seine Schuld trage.

In Betreff des Schmuggelns war dem Alten nichts zu beweisen; beim Zuge hatte ihn niemand gesehen, seine Gefährten sagten nichts gegen ihn aus, und trotz der schärfsten Nachsuchungen war in seinem Hause kein Stück verbotener Waare zu finden. Er hat noch einige Jahre fortgelebt in eisiger Starrheit, wie man es bei schwer vom Schicksal getroffenen alten Leuten seines Standes öfters findet. Die Gesetze hat er nicht mehr verletzt, aber er hat sie und ihre Diener gehaßt und verflucht bis an sein Ende. Seines Sohnes erwähnte er nie wieder auch nur mit einem Wort, und ein finsterer Zorn trat auf seine Stirn, wenn einmal der Name desselben vor ihm genannt wurde. Auch von Elsen sprach er nie, und wo er ihren Namen hörte, ging er schweigend davon. Und so ist er mit Leid in die Grube gefahren.

Ueber Georgs Schicksal wurde niemals etwas Gewisses bekannt, weder ob er im Wald gestorben, noch ob er vielleicht einige Tage irgendwo versteckt gelegen und dann in fremde Länder gegangen. Der Förster behauptete ihn nicht gefunden zu haben; als jedoch Freidorf, der seine Entlassung aus diesem unseligen Dienst verlangt und erhalten hatte, nach einiger Zeit von ihm Abschied nahm und auf jenen Abend leise hindeutete, drückte der Förster seine Hand und sagte finster: »Laßt das! Der Abend hat uns allen nur Unglück gebracht.« Später sprach er gleichfalls nur ungern von diesen Ereignissen, und ein gewisser drohender Ernst, ein gleichsam nur von fern aufdämmernder Zorn, der dann wie ein Wetterleuchten über sein niemals wieder lächelndes Gesicht zog, ließ die Frager bald verstummen.

Nach diesem Schlage lag der Schleichhandel in diesen Gegenden eine Zeitlang tief darnieder; später soll jedoch das alte Wesen wieder seinen alten Gang genommen haben, wenn es auch nie mehr seine frühere Blüthe erlangte. Da die Gesetze fortdauern, werden sie auch nach wie vor umgangen.

Die Gegend hat sich seit der Zeit freilich sehr geändert. Der Forst ist vielfach beschnitten und gelichtet, Sumpf und Bruch sind we-

nigstens zum Theil ausgetrocknet, und es führen jetzt sichere, allgemein bekannte Wege hindurch. Der Krug endlich ist in fremde
Hände gekommen und umgebaut worden: aber er steht doch noch
und heißt noch immer der Schmugglerkrug.

Über tredition

Eigenes Buch veröffentlichen

tredition wurde 2006 in Hamburg gegründet und hat seither mehrere tausend Buchtitel veröffentlicht. Autoren veröffentlichen in wenigen leichten Schritten gedruckte Bücher, e-Books und audioBooks. tredition hat das Ziel, die beste und fairste Veröffentlichungsmöglichkeit für Autoren zu bieten.

tredition wurde mit der Erkenntnis gegründet, dass nur etwa jedes 200. bei Verlagen eingereichte Manuskript veröffentlicht wird. Dabei hat jedes Buch seinen Markt, also seine Leser. tredition sorgt dafür, dass für jedes Buch die Leserschaft auch erreicht wird.

Im einzigartigen Literatur-Netzwerk von tredition bieten zahlreiche Literatur-Partner (das sind Lektoren, Übersetzer, Hörbuchsprecher und Illustratoren) ihre Dienstleistung an, um Manuskripte zu verbessern oder die Vielfalt zu erhöhen. Autoren vereinbaren direkt mit den Literatur-Partnern die Konditionen ihrer Zusammenarbeit und partizipieren gemeinsam am Erfolg des Buches.

Das gesamte Verlagsprogramm von tredition ist bei allen stationären Buchhandlungen und Online-Buchhändlern wie z. B. Amazon erhältlich. e-Books stehen bei den führenden Online-Portalen (z. B. iBookstore von Apple oder Kindle von Amazon) zum Verkauf.

Einfach leicht ein Buch veröffentlichen: **www.tredition.de**

Eigene Buchreihe oder eigenen Verlag gründen

Seit 2009 bietet tredition sein Verlagskonzept auch als sogenanntes "White-Label" an. Das bedeutet, dass andere Unternehmen, Institutionen und Personen risikofrei und unkompliziert selbst zum Herausgeber von Büchern und Buchreihen unter eigener Marke werden können. tredition übernimmt dabei das komplette Herstellungs- und Distributionsrisiko.

Zahlreiche Zeitschriften-, Zeitungs- und Buchverlage, Universitäten, Forschungseinrichtungen u.v.m. nutzen diese Dienstleistung von tredition, um unter eigener Marke ohne Risiko Bücher zu verlegen.

Alle Informationen im Internet: **www.tredition.de/fuer-verlage**

tredition wurde mit mehreren Innovationspreisen ausgezeichnet, u. a. mit dem Webfuture Award und dem Innovationspreis der Buch Digitale.

tredition ist Mitglied im Börsenverein des Deutschen Buchhandels.

Dieses Werk elektronisch lesen

Dieses Werk ist Teil der Gutenberg-DE Edition DVD. Diese enthält das komplette Archiv des Projekt Gutenberg-DE. Die DVD ist im Internet erhältlich auf **http://gutenbergshop.abc.de**